DARIA BUNKO

秘密のアイドル！

あすま理彩

illustration ❋ こうじま奈月

イラストレーション❋こうじま奈月

CONTENTS

秘密のアイドル！

「高嗣《たかし》が今日、NYから戻ってくるぞ」

リビングのソファで寛いでいた兄の絢《あや》が、高校から帰ってきた俺の姿を見つけると、新聞から顔を上げて呼び止める。

「えっ、…えええっ!?」

そう聞いた途端、驚きのあまり、鞄《かばん》を取り落としてしまう。

心臓が強い鼓動《こどう》を打った。

(高嗣さんが、戻ってくる)

「…結《ゆい》がそんなに驚くとは思わなかった」

派手な俺の反応に、絢こそがびっくりしたように目を見開く。

見開いた目は零れそうなほどに大きくて、長い睫毛《まつげ》に縁取られていて、瞬《また》くたびに音を立てそうだ。

肌なんて真っ白で、額に零《こぼ》れる前髪もさらさらで、弟の俺から見ても、ものすごい美人だと思う。

「なんで、高嗣さんが急に?」

動揺しながら訊《たず》ねる。

「今までNYで活動していただろう? だが、こっちの監督やらに口説《くど》かれて、活動の拠点を本格的に日本に移すことになったらしい」

「それじゃ、今度から日本に住むの？」

「そういうことだ」

答えると絢は肘掛《ひじか》けに軽く身体をもたれると、膝《ひざ》の上で指を組む。

長く細い指先は繊細《せんさい》そうで、どこを取っても非の打ち所がない。

絢は身長もすらりと高くて、手足も長くて、一六五しかない俺と血のつながりがあるなんて、時々信じられなくなる。

こんな人がそばにいたら、…絶対に勝ち目なんかない。

きっと、皆、絢に目を奪われて、俺なんか目にも入らない。

——それは、高嗣も。

いたたまれない気分になって、俺は鼻の上に載《の》る分厚いフレームの黒の眼鏡を、掛け直す。

ださださで、いっつも『あら、お兄さんに似てないのね』、そう近所のおばさんたちにも言われてきた。

自分に自信なんてない。

できれば素顔を一生、隠してしまいたい。

ほんの少しでも、綺麗《きれい》な絢に似ていたら、よかったのにな。

けれど、俺は…。

——ある秘密がある。

学校にはもちろん、内緒だ。

自分でも似合わないって思ってる。

どうして俺がっていつも思う。

「今度は、俺の会社とも一緒に仕事をすることになる」

俺の会社、って絢が言うのは、絢が経営している中堅の芸能事務所のことだ。

元々は父が経営していた音楽プロダクションだったけれど、能天気な両親はハワイアンミュージックに目覚め、現在ハワイに長期滞在中だ。

そのせいで、大学を卒業していきなり絢が跡《あと》を継ぐことになったものの、二七歳の今、事務所は確実に力をつけてきている。

経営者らしく、クールで頭もよくって、デキるオーラをまとった絢は、ただの美人じゃなくて、本当にカッコいい。

俺だってこの兄が大好きで、尊敬してるんだから、他の誰だって絢のことを好きになるのは本当によく分かる。

でも、絢であっても芸能事務所を経営するのは大変で、去年一度だけ、会社が倒産の危機を迎えたことがある。

その時、絢に頼み込まれて、俺は…ある仕事を、引き受けざるをえなくなったのだ。

怖かったけれど、不安だったけれど、…絢を助けたいって気持ちのほうが勝った。

俺で助けられるとはとてもじゃないけれど、思えないのに。

とりあえず、何とか次の仕事がもらえるくらいには、続いている。

「そういえば、高嗣さん、今度ドラマの主題歌の作曲と、挿入《そうにゅう》テーマも手がけるんだっけ。NYから曲だけ提供するのかと思ったら、日本に戻ってきて仕事するんだ」

「よく知ってるじゃないか。全然興味なさそうだったのに」

絢の指摘に、俺は思わず頬を染めてしまう。

「たまたま、マネージャーの中邑《なかむら》さんに聞いただけ。別に興味はなかったけど」

こっそり調べてた、なんて言えなくて、言い訳を口にのせる。

「ドラマについて調べておくなんて。お前にも、仕事をしている自覚ができてきたかな」

絢が嬉しそうに微笑《ほほえ》む。

本当は、NYにいても、俺は高嗣のことを、忘れたことはなかった。

城ノ内《じょうのうち》高嗣二七歳、作曲家兼、敏腕《びんわん》音楽プロデューサー。

その活躍は、日本にも聞こえてくる。

俳優でもないのに、そのあまりに整ったハンサムな顔立ちと才能は、業界誌も放ってはおかない。

たまに雑誌の取材に応じることもあるけれど、そういうときの号は、すぐに売り切れてしまって、俺ですら入手困難なときがある。

絢の元同級生で、高校時代にはよくこの家にも遊びに来ていた。

高嗣は…多分、絢のことが好きだったんだと思う。

でも、絢は高嗣のことを親友としか思ってないのは明らかで。

彼がNYに向かったのは二二で、俺が一二の時だった。

空港のゲートで見送りながら、俺は失恋した高嗣を慰《なぐさ》めようと、袖口《そでぐち》を摑《つか》んで引き止めながら思わず言っていた。

『元気出して頑張れよ。兄弟なんだからいつか俺だって、絢みたいに美人になるかもよ? そうしたらその時、相手してやるからさ』

何を言ってるのか分からないと言いたげに高嗣は眉をひそめたけれど、でも必死の俺の表情を見て馬鹿にしたりはせず、優しく微笑んで、ぽんぽんと、高嗣は俺の頭を叩いてくれた。

慰めだけじゃなくて、俺にとってはその言葉は初めての、勇気を振り絞った告白…だった。

所詮俺は、高嗣にとっては弟分でしかありえない。

まだ子供だったけれど、俺は高嗣のことが…好きで、…好きで。

一七になった今も、やっぱり、――好き。

「高嗣だが、今日の夕方着の便で成田に着く。家に戻る通り道だから、ここに寄るって言ってるぞ」

「ほっ、ホントに!?」

「嬉《うれ》しい？」

「少しは」

ほんのちょっぴり嘘をつく。

本当はものすごく、…嬉しい。

「お前がそんなに喜ぶとは思わなかった。あんなに苛《いじ》められてたのに」

そう言われればうっと詰まる。

高嗣が来るたび、…泣かされることが多かった。

高嗣が優しいのは絢にだけで、いっつもうちに遊びに来るたびに、俺はいい玩具《おもちゃ》にされちゃってたから。

苛められるのが分かっていても、なぜか俺は最初から高嗣が遊びに来るのが楽しみだった。

「ケンカするほど仲がいいともいうしな。お前もからかわれるのが分かっていて、いっつも後をくっついて歩いてたよな」

微笑ましい光景を思い出すように、絢が笑った。

絢は高嗣が弟を可愛がるように、俺をかまっていたのだと信じて疑わない。

「道路が混んでなければ、あと三〇分くらいだな」

三〇分、ってもうすぐじゃん。

一々動揺して顔色を変える俺とは対照的に、絢は呑気《のんき》に新聞をめくっている。

高嗣に会えるのは、五年ぶりだった。

五年ぶりの再会が、こんなに慌《あわただ》しいものになるなんて。

多分、絢は俺が高嗣を好きなことを、知らない。

空港で高嗣に告げた告白も。

高嗣もガキの告白なんて、真面目にとらえてはいないだろうけれども。

帰国してすぐにここに寄る、意味。

それはやはりまだ、高嗣は絢のことを忘れていないんだろうか…？

胸がきゅっと音を立てる。

「それより、お前頬赤いぞ。もしかして」

絢が先ほどからのおかしな俺の様子を見て、いきなり勢いよくソファから立ち上がる。

「もしかして風邪《かぜ》引いたのか⁉」

「くしゅん！」

そのタイミングで、俺は鼻がむずむずしてくしゃみをしてしまう。

誰かが噂《うわさ》をしただけだろうと、思うんだけど。

「薬だ。あとマスクと、体温計…っ」

絢は顔色をさっと変える。

慌しくリビングを出て行った絢が、再び俺の前に姿を現した時は、その手に風邪対策セット一式が握られていた。

「これつけなさい。これも」

クールな絢が顔色を変えるのは、俺に対してだけ、みたい？

俺に対しては、ものすごく過保護なところがある。

能天気な両親の代わりに、自分が保護者としてしっかりしなきゃ、って思ってくれてるみたい。

元々責任感が強いんだろう。

また「例の仕事」が、心配性に拍車をかけた気がする…。

そして、絢によって、病人仕様に整えられてしまう。

無理やり栄養剤と風邪薬を飲まされる。

黒ぶちの眼鏡、そして顔の半分を覆《おお》い隠してしまう大きなマスク。

「兄ちゃんー。これじゃ、まるっきり俺、不審者だよ」

見上げるが、絢は一切動じない。

「さっさとベッドに」

肩を抱かれ、強引に二階に向かう階段へ連れて行かれそうになる。

「ちょ、ちょっと」

それは待って。

このままでは、ベッドに叩き込まれてしまう。

久しぶりに高嗣に会えるチャンスなのに。

NYでの活躍は知っている。

忙しい人だから、これを逃したらもう、暫《しばら》く会えなくなってしまうかもしれない。

(そんなの、やだ…っ)

「兄ちゃーん…」

その細腕のどこに、こんな力があるのかと思うほど、それは強く、俺では抵抗しきれない。

その時、玄関のチャイムが鳴った。

「高嗣か?」

絢の気がそがれる。

「さっさと二階に行っておけよ」

絢は念を押すのを忘れない。

腕が離れ、絢が玄関に向かっていく。

高嗣に、会える。

浮き立つ気持ちと同時に、不安で胸が速い鼓動を脈打ち始める。

玄関に向かう絢の背を見つめながら、俺は必死で心臓を宥《なだ》める。

絢が玄関のドアノブに手を掛ける。

（そうだ、これだけは…！）

「兄ちゃん！」

「何だ？」

扉を開く前に、絢が振り返る。

「俺の仕事のこと、絶対に言わないでよ！」

絢が眉を寄せる。

俺の現在の、最大の、秘密。

これだけは絶対に、絢以外には知られたくない。

学校のみんなも知らない、俺の…。

「何を今さら。どうせすぐに分かるのに」

「それでも、だめっ…！」

恥ずかしいし、絶対、高嗣の性格からして馬鹿にされそう…。

言いつのれば、必死の形相に何かを感じたのだろう。

「分かった」

絢は納得していないみたいだが、約束してくれる。

それから、扉を開けた。

「久しぶり」

（高嗣さん…！）

ドキン、と心臓が強く跳《は》ねた。

聞き覚えのある声だ。

緊張に顔が引き攣《つ》る。

扉を開けた途端、低い声が響き渡って…。

（……っ）

俺は目を見開いた。


見慣れないスーツ姿で、高嗣が玄関に入ってくる。

（う、わー…）

久しぶりに見た高嗣の姿に、俺は絶句する。

元々カッコいい人だったけれど、大人の色気が加わったというか、とにかく完璧《かんぺき》なハンサムっぷりで、見惚《みほ》れてしまいそうになる。

雑誌は何を写してるんだろうってくらい、実物を目にするとその印象は違う。

艶《つや》めいて、セクシーで…。実物のほうがずっと素敵だ。

やっぱり、醸《かも》し出す雰囲気っていうのがあるのかな、成功者としての実力をまとった彼は、以前より格段に男っぷりを上げていた。

こんなにカッコいいなんて、反則だ。

「元気だったか？」

低くて甘い余韻《よいん》の残る声…。

作曲家じゃなくて、高嗣自身が歌を歌っても、充分いけると思う。

そして、高嗣が真っ先に声を掛けたのは、もちろん絢に対してで。

「ああ、もちろん。お前こそ、一二時間の長旅の割りに、元気そうだな」

「久しぶりの日本だからな。興奮もするさ」

俺のことなんかそっちのけで、高嗣と絢は久しぶりの再会を喜び合っている。

「この後の予定は？」

「オフは今日だけだ。移動日だから完全なオフってわけじゃないがな」

言いながら、アメリカ帰りの仕草っぽく、高嗣が絢の肩を親しげに抱く。

しかも頬に口唇を寄せて…。

がん！　と頭をかち割られたようなショックを覚える。

絢は嫌がりもせず、平静そのものといった表情で、口唇が近づいても抵抗しない。

絢も芸能事務所を経営している関係で、海外のアーティストと会う経験が多い。

もしかしたらこういうのに、二人とも慣れているのかもしれないけれど、俺は違う。

目の前で好きな…人のキスを見せ付けられれば、平静ではいられない。

単なる挨拶《あいさつ》だなんて思えない。

それどころか、やっぱり高嗣は絢を好きなんだって思い知らされる。

「なっ…、何してるんだよー!!」

驚いて思わず叫んでしまえば、今頃やっと俺に気付いたように、高嗣が視線を向ける。

今まで俺のことなんか、目に入っていなかったみたい。

「きゃんきゃん吠《ほ》えるな」

相変わらずの、不遜《ふそん》な態度だ。

「きゃんきゃんって、犬じゃないもん!」

売り言葉に買い言葉で、つい言い返してしまう。

なのに、高嗣はちっともこたえない。

「そう毛を逆立てるな」

まるっきり子犬扱いだ。

「そういう言い方は止めなさい。高嗣も」

絢が呆《あき》れたように仲裁《ちゅうさい》に入る。

「ケンカするほど仲がいいとは言うけれど、お互いに少しは大人になったんだから、もう少し

仲良くできないのか?」

大人の態度で、絢にたしなめられる。

うながされ、俺はやっと、高嗣に告げる。

本当は最初から、この言葉を告げたかった。

「…高嗣さん、おかえりなさい」

マスクのせいで、くぐもった声になってしまったけれど。

ドキドキする。

「誰だ? この不審者は」

「…え?」

誰だってまさか、忘れちゃったの…?

思わず本気で泣きそうになる。

「結…だけど?」

恐る恐る訴《うった》えれば、高嗣の片頬が上がっていた。

「分かってる。からかっただけだ」

やっぱり、…意地悪だ!

NYに行っている間に少しは変わったかと思ったのに、俺に向ける態度は相変わらずだ。

「何だよっ」

「そんな誰だか分からない格好をしてるからだ」

抗議すれば、逆に咎《とが》められてしまう。

むっとしながら上目遣いで睨みつければ、高嗣はふっと目を細めてみせた。

そんな表情をすると、ちょっぴり悪っぽい雰囲気になって、胸がドキリとなった。

「とりあえず、中入りなよ」

「ああ」

絢に促《うなが》されて、高嗣が靴を脱ぐ。

さっさと絢がリビングに向かうのを見て、俺はダイニングへ足を向ける。

「じゃ、俺お茶でも淹《い》れるよ」

高嗣に背を向けようとすると、背後から腕を掴まれた。

大きな掌《てのひら》だった。

逞《たくま》しくて、力強くて、それが自分に触《ふ》れるのに驚く。

(何…？)

心臓が飛び跳ねそうになる。

「そんなことはしなくていい。さっさと部屋に行ったらどうだ？」

片眉をあげながら、高嗣が言い放つ。

まるで、俺のことなんか、邪魔者扱いだ。

早く、絢と二人きりになりたい、そう言わんばかりだ。

さっき頬へキスしかけた光景を思い出す。

俺の悲鳴で未遂《みすい》に終わったけれど、二人きりになれば、再び高嗣は絢に不埒《ふらち》なことを仕掛けるかもしれない。

決して二人がくっつくのを邪魔しようとか、それを一番に考えているわけじゃない。

そりゃ、絢が高嗣を好きだったら…俺は本当の邪魔者だけど。

でも、絢には今のところその気はないみたいだし。

隠してるみたいだけれど、ちゃんと恋人もいる…みたい。

絢は綺麗で、背もすらりと高いけれど、高嗣に比べれば華奢《きゃしゃ》だ。

高嗣は一八五を越す長身で、肩幅も広くて、身体の厚みもある逞しい男だ。

無理強いされたら、絢じゃきっとかなわない。

「部屋なんか行かないから！」

言い返すと高嗣の腕を振り払う。

肩をいからせながらダイニングを抜けて、キッチンに向かう。

相変わらずの高嗣の態度に、俺はそっと溜《た》め息をついた。

お茶に、一応あんな奴でも久しぶりだからって気を遣《つか》って、ケーキなんかもトレイにのせてソファで談笑している二人の許に向かう。

てっきり絢の隣に張り付きでいるかと思ったのに、高嗣は大人しく絢の対面に座っていた。

ガラスのテーブルの上にトレイを置こうとして…。

「わわ…っ」

何もないところなのに、転びそうになってしまう。

ひやりとするが、すぐに伸びてきた腕がトレイを取り上げ、ついでに俺の身体も支えてくれる。

俺の身体とトレイの両方を瞬時に支えても、びくともしない体軀《たいく》の持ち主は高嗣だ。

「危なっかしくて、相変わらずドン臭いやつだな」

呆れたように高嗣が言った。

「背が伸びたくらいしか、変わってないな」

「高嗣さんだって」

意地悪なところは変わってないなと、暗に含む。

トレイはさっさと取り上げられてしまう。

手持ち無沙汰《ぶさた》になって、絢の隣に座ろうとすれば、高嗣によって隣に促される。

「絢に熱い湯でもこぼしそうで見ていられないからな」

「どうせ…」

口唇を尖《とが》らせる。

高嗣にとって、一番に考えているのは絢だ。

「それにしてもよく決意したよな。こっちに戻ってくるの」

「今やりたいことは、日本の方が多い。将来的にはどうなるかは分からないが」

二人は早速《さっそく》仕事の会話を始める。

仕事の話になると、さすがに俺も入り込めない。

でも時々、高嗣が俺の様子を窺《うかが》うように、視線を向ける。

だから、まるっきりの疎外感《そがいかん》を味わうことはない。

仕事の話なんだから、気にしなくていいのに。

もしかして、気遣ってくれてるんだろうか？

でもすぐに、そんな甘い人ではないと思い直す。

「絢もずい分忙しいみたいだが、今日は急に寄ってよかったのか？　無理はしていないか？」

高嗣が絢を気遣ってみせる。

「全然平気。忙しいっていっても、寝る暇《ひま》がないほどじゃない。プライベートもそれなりに楽しくやってるよ」
プライベートも。
ほっこり幸せそうな笑顔で、絢が言った。
絢には何気なく言った一言でも、高嗣にとっては。
慌てて隣の様子を窺う。
ここに来て初めて、高嗣が真面目な顔をしていた。
俺に向ける、相手にもしていないような顔とは、違う。
俺にはしない顔だ。
真剣な目をしていた。
絢の幸せを願うから。
高嗣が傷ついているのでは、そう心配になる。
失恋した相手の事を、高嗣はまだ忘れていないんじゃないかなって思う。
こうして、真っ先に会いに来るくらいだし。
なのに、幸せそうな絢の様子を見せ付けられて。
高嗣が傷ついていると思えば、俺の胸もきゅっと痛んだ。
好きな人に振り向いてもらえないつらさは、俺が何より分かってるから。
片想いの苦しさを、よく知ってるから。

「あのっ！」

俺はソファから立ち上がると、テーブルの上のポットに手を伸ばした。

「高嗣さん、お茶のおかわりは？」

「まだある」

よく見ろと、高嗣が顎をしゃくった。

相変わらずそそっかしいな、と馬鹿にしたような目が俺を見つめた。

分かってるけれど、でも。

それでもよかった。

「疲れてない？　車で来たの？　大丈夫？」

「ゆっくり寝られたから平気だ。逆に起きてないと、夜眠れなくなる」

「車なら、ビールとかだめだよね。ケーキ食べたら？」

「いや、甘いものは苦手だから」

「そうなの？」

昔は食べてたような気がしたけど。

後で食べようって楽しみにとっておいたケーキだったけど、高嗣にならって思って出したんだけどな。

「俺は甘いものはあまり好きじゃないから。お前食えよ」

「うん…」

とりあえず、話題と高嗣の気は、逸《そ》れたかな？

ケーキがのった皿を膝の上にのせる。

目の前に、さっき高嗣が見せた、真剣な表情がちらつく。

(俺にしておけば、あんな顔をさせないのにな)

心の中で、そっと溜め息をつく。

でも、美人で頭がよくって、ライバルだけど俺も大好きな絢だから、高嗣が絢に惹《ひ》かれるのは仕方がないよなって思う。

勝ち目なんて絶対にない。

高嗣も恋人がいる人に片想いなんて、不毛な想いは止めればいいのに。

けれど、他に好きな人がいる男に、何年も片想いしてる俺も、不毛だよな…。

何もかも、全然追いつけない。

久しぶりに会った彼は、NYで成功を勝ち得た、敏腕作曲家でありプロデューサーだ。

憧れても、距離は開くばかりだ。

いつか、振り向いてくれればいいなー…。

なんでこんな意地悪な人が、こんなに好きなんだろう。

再会すれば、がっかりするどころか、好きで諦《あきら》められないって気持ちを、再認識させられるどうして彼を好きになったのか、そのきっかけを俺は思い出していた。

だけだった。

昔から本を読むのが大好きで、俺は魚や昆虫や星や歴史、なんでも図鑑を与えられれば夜暗くなるまで夢中になって読んでいる子だった。

それは、俺の内気だった性格にもよる。

子供の頃の俺は引っ込み思案で、極度の人見知り。

外で遊ぶよりも、家の中にいるのが好きだった。

暗くなって電気をつけるのも忘れていたからか、次第に目が悪くなって、眼鏡を掛けるようになったのは小学校低学年の時。

内気といっても、それなりに楽しく過ごしていた。

でもその頃から、周囲の俺に向ける視線が、微妙に変化したような気がする。

絢を見た人は、その後に俺を見て、がっかりしたような表情をするのだ。

そして、知りたくなかったその意味を、知らされたのも。

あけすけな親戚《しんせき》のおばさんが、家を訪ねてきたときに、俺に言い放った一言。

『お兄ちゃんは綺麗なのにねえ』
好奇の目とともに大仰《おおぎょう》に溜め息をつかれ、俺は自覚させられた。
親戚の間で、上條《かみじょう》家のみそっかす扱いをされていたことも。
両親も絢も俺には優しくて、不満なんて全然ない。
こんな素敵な兄を持ったことを、誇りに思っている。
多分、そばで絢が聞いていたら、そのままにはしなかったと思う。
ものすごく、俺を可愛がってくれたから。
家族の皆が大好きだけれど、世間の目は違ったらしい。
絢の友達は訪ねてくる度、俺のことを見て「似てないのな」と驚く。
親戚のおばさんだって、彼らだって、言い方に悪意はなかった。
でも、そのたびに、子供ながらに俺は傷ついていた。
最初から、絢と比べるほうが間違っている。
絢みたいな人と比べられてがっかりしても、当然のことだ。
アイドルと自分の容姿を比較するようなものだ。
人と比較して自分が自信を失うなんて、間違っている。
そう思おうとしても、嫌でも周囲は比べようとするのがつらかった。
そんなある日。

「ただいまー」

小学校から俺が帰ると、大きなサイズの靴が沢山、玄関に並んでいた。

絢の高校の友達たちが遊びに来ていた。

周囲の目のせいで、人見知りが一層激しくなった俺は、友達が来ていると分かっていても挨拶をするのは躊躇《ちゅうちょ》してしまう。

廊下からリビングをそっと窺えば、五人くらいの絢の同級生の姿が見えた。

その中に、見覚えのある姿を発見する。

特に何度も家に来ていた、城ノ内高嗣だった。

同じ制服を着ているのに、たった一人だけ浮き上がったように見えるくらいカッコいい。

高嗣の周囲だけ、空気が違うような気がする。

それほどに存在感があって、人目を引きつける凛々しい顔立ちをしていた。

俺は部屋で本を読んでるほうが好きなのに、遊びに来ると必ず俺のことも呼び出したりして、無理やり外に連れ出したりもするから、実は…ちょっと苦手。

しょっちゅうからかうし、鼻を摘《つま》んだり、頭をくしゃくしゃにしたり、するし…。

嫌がって逃げようとしても、いつも捕まってしまう。

絢は上品な兄ってタイプだから、無理やりプロレス技なんて掛けてこないけれど、悪ガキタイプの兄がいたら、多分高嗣みたいな兄だったんだろうなって思う。

弟を家来と玩具にして、遊ぶタイプだ。

いっつも苛めるから、好きじゃない。

気配を消して、気付かれないうちにこっそり部屋に上がってしまおうと思えば、背後からさっさと名前を呼ばれてしまう。

「結。帰ってきたんだろう？　こっちに寄れよ」

高嗣だ。

「せっかく友達と一緒にいるんだろう？　俺を呼ばなくてもいいじゃん」

嫌々ながら、自室に向かい掛けた身体を、リビングに引き戻す。

人前で挨拶をするのって、緊張してしまう。

「何？　絢に弟いるの？」

同級生たちが色めき立つ。

期待のこもった眼差しが向けられて…。

「こっ、こんにちは」

緊張に顔を強張《こわば》らせながら、ぺこりと頭を下げる。

頭を下げれば眼鏡がずり下がってしまう。

途端《とたん》にがっかりした溜め息が洩《も》れるのが聞こえた。

…だから嫌だったんだ。

高嗣の態度だけが変わらない。

俺の姿を初めて見たわけじゃないし、絢と似てないのにも慣れてるから。

「それじゃ、ゆっくりしていってくださいっ」

傷ついた気持ちを隠して、慌ててそう言い置くと背を向ける。

「結、おい」

高嗣が引き止めようとする。

「いいじゃん高嗣。それより、絢に似てないのな、弟って。絢は美人なのに。弟も少しはお前に似ればよかったのにな」

ズキン、と胸に鋭い痛みが走った。

背後ではっと絢が息を呑む気配がある。

「お前、そういう言い方はないだろう。結に失礼だ」

きっぱりと高嗣が言った。

高嗣にとっては友人で、そんなことを言ったら仲が悪くならないとも限らないのに。

俺なんか子供なんだから、相手にしなくてもいいのに。

なのに、自分の立場や友人との関係よりも、俺を庇《かば》ってくれた。

まるで、対等な立場の人間として、俺を扱ってくれているような言い方をする。

その時、初めて高嗣が頼もしく感じた。

思わず振り返ってしまえば、扉の隙間《すきま》から絢の顔が見えた。

絢は青ざめたまま、心配そうな顔をしていた。

大丈夫。

慣れてるから。

傷ついてなんかいないから。

比較されるのも、がっかりされるのも。

だから、心配しないで。

兄ちゃんが大好き。

そう絢に目で訴えると、俺は二階の自分の部屋に向かう階段を昇《のぼ》る。

部屋の扉をしっかりと閉めると、先ほどの高嗣の言葉が耳に響いた。

(いつもは苛めるくせに、…庇ってくれるなんて)

高嗣の言葉が、胸に流れ込んでくる。

じん、と胸が熱くなる。

気にしないようにしていても、やっぱり、俺にとっては消せないコンプレックスだったから。

床にしゃがみ込み、膝を抱えて丸くなりながら、俺は熱くなった目頭を押さえる。

それからも、高嗣はたびたび家を訪ねてきた。

びくびくしながら先日のことに身構えるけれど、高嗣の態度は一切変わらなかった。

下手な慰めもしようとはしない。

そういえば、最初から、絢と俺を比較しなかったのは高嗣だけかもしれないと、俺は思った。

それ以来、高嗣が軽く俺の腕を摑んだりするだけで、胸がどきどきしてたまらなくなって。

頭をぐりぐりされても、心臓が高鳴る。

高嗣が来た後はいつも、胸の鼓動が収まらない。

(もしかして、俺って…)

高嗣のことが、好きなのかな…?

なのに高嗣が俺の頭をくしゃりと撫《な》でたりすると…。

「やめろよう。まったく乱暴なんだからっ。だから彼女ができないんだよっ」

高嗣はカッコいいのに、なぜか彼女がいないって、絢が言っていたから。

「何を生意気なこと言ってんだ」

高嗣には相手にもされない。
ふん、と鼻で笑われてしまう。
完璧な弟扱いだ。
憎まれ口を叩くたび、いつも自己嫌悪に陥っていた。
(なんでこんなことしか、言えないのかなー…)
好きなのに。
嫌われるような憎まれ口しか叩けない。

ソファでうたた寝している絢に、高嗣が覆いかぶさっているのを見たのは、そのすぐ後のことだった。

ショックだったけれど思ったのは、やっぱりなってことだった。
絢をみんな…好きになる。

みそっかすな俺なんか、相手にされるわけが、ないじゃないか。

その夜、ほんの少しだけ泣いたけれど。

いつか綺麗になったら。そうしたら。

(俺でも相手にして、もらえるかなー…)

弟じゃなくて、恋人になりたい。

努力して、自分の中のコンプレックスを一つずつ克服《こくふく》して、外見は無理でも、魅力的な人間になれたら。

少しでも自分に自信が持てるような、人間になれたら。

高嗣は意地悪かと思ったのに、本当は公正で、本質は誰より優しい人だと、思ったから。

そんな高嗣に釣り合うように。

(なれたら、いいなー…)

俺の小さな望み。

いつか恋人になれるなんて、大きな期待は抱いてはいなかったけれど。

好きでいることだけは、許して欲しい。

そう、思っていた。

ふわふわと温かい感触に包まれて、目覚める。

（あれ…？）

ゆっくりと目を開けて、自分の居場所を確かめれば、いつもの天井と、見知った自分の部屋の机が見える。

シャツとズボンは身につけたまま。

首を傾《かし》げながら起き上がり、階段を下りる。

絢が既に起きて、シャツの腕をまくり、エプロンをつけて朝食の準備をしていた。

両親が海外にいる分、絢は出張がない限り、出勤前に朝食を作るのが日課だ。

ちなみに、夜は仕事が入らないときは、俺が作る。

「おはよう。ずい分早いな。昨日早く眠ったからかな」

絢が俺に気付く。

「兄ちゃん、俺…昨日どうしたんだっけ」

高嗣とリビングで話して、それから、…記憶がない。

学ランはちゃんと壁に掛かっていて、ゆっくり休めるようにベルトも、シャツのボタンも、簡単に外されていた。

「薬が効いたのかな。ソファでそのまま眠っちゃってたから、高嗣が抱っこして運んだんだよ」

「高嗣さんが!?　抱っこして？」

本当に？

思わず、うろたえてしまう。

恥ずかしい。

「どうかした？」

「う、ううん、何でもない」

「そう？　顔が赤いよ。今日は学校を休む？」

絢が心配そうに俺の顔を覗《のぞ》き込もうとする。

「大丈夫だってば」

平気な振りをしながらも、頬が火照《ほて》ったまま熱が引かないのが分かる。

「どうする？　今日の仕事」

「全然平気だし、頑張るよ」

学校なら俺一人の都合で、休むこともできる。

でも、仕事となると話は別だ。

俺が休んだら、他の人にも迷惑が掛かる。

絢は俺を休ませかねないけれど、俺は絢に迷惑を掛けるようなことだけは、したくない。

「それじゃ、いつもの場所に中邑を向かわせるから」

「うん！」

元気よく頷《うなず》くと、俺は食卓についた。


私立英嘉学園《えいかがくえん》高等学校、都内にある中高一貫の進学校で、有名大学への抜群の進学率を誇る。

俺はここの二年に在学している。

勉強は嫌いじゃないし、それくらいしか取り得がなかったから、俺は必死で勉強して合格したけれど、同級生達はそれほど勉強勉強って青白くなっていたりもしない。

スポーツも盛んで、校則もそれほど厳しくなくて、生徒はのびのびと青春を謳歌《おうか》している。

生徒も鷹揚《おうよう》で、人がいいタイプが多い気がする。

人を蹴《け》落としてまで自分が抜きん出よう、とかじゃなくて、試験前は皆で協力し合って、乗り切ろうとか、そういう雰囲気がある。

OB同士の結束《けっそく》も固いって聞いたけれど、思いやりってこの校風で育ったものなのかなって思う。

「結、今日の英語のリーダー、香川《かがわ》が休んでるから当たるのはお前からだぞ」

「えっ、ホントに⁉」

朝、教室に入ると、早速、親友の西嶋浩一郎《にしじまこういちろう》が話しかけてくる。

「お前のことだから心配してないが、一ページ予習とずれるぞ。俺の訳《やく》とすり合わせておくか？」

「うん、そうする。ありがと」

西嶋はこの学校の生徒会長だ。

今みたいに頼りがいがあって、困った時には皆を助けてくれるから、人望も厚い。

身長も高くて、俺と同じく眼鏡を掛けているけれど、俺と違ってフレームのセンスもよくてカッコいい。

真面目そうにも見えるけれど、スポーツだって万能だ。

「俺にも見せて」

背後から俺たちの会話に割って入り込むのは、副会長の成沢《なりさわ》だ。

「駄目《だめ》だ。きちんとやってある奴には見せるが、最初からやってこない奴には見せない」

「ひってえ」

西嶋は俺には優しいのに、成沢にはちょっと手厳《てきび》しいみたい。

成沢は拒絶されても、鷹揚に笑っている。

長めの髪は少し茶色がかっていて、全体的に色素も薄いのか瞳も茶色で、すごく綺麗だ。

真面目な外見の西嶋と、遊び人ふうの成沢が並ぶと、ものすごく違和感がある。なんでこの二人がつるんでいるのか、今もって俺には謎だ。

「今日はお前、生徒会に来られない日だったっけ」

「うん、…ごめんなさい」

心から頭を下げる。

「いいよ、いいよ。あまり結、身体が強いほうじゃないもんな。お前の分の仕事なら喜んでするって、西嶋も言ってるし。西嶋、ついでに俺のもやっといてよ。どうせお前のほうが優秀なんだから、お前がやったほうが仕事は速いって」

隣の席に座ると、成沢が親しげに俺の肩を抱き寄せる。

「結には心からすまないという気持ちがあるから、やろうという気にさせられるんだ。だがお前のは誰がやるか」

一年の時も同じクラスで、彼らに誘われて、俺も生徒会の書記を、一応務めていたりする。立候補したときは、まだ秘密の仕事をしていなかった時だから、充分放課後は時間があるはずだった。

でも、書記になってからすぐに、絢に請《こ》われてある仕事を始めちゃったから。

「あれ？　それ何？」

成沢が手に持っている雑誌を指差す。

「あこれ？　テレビ雑誌。カニちゃんのインタビューが載ってるからさ。駅の売店で見つけて、思わず買っちゃった」

香仁《かに》もえさんは、二十代の女性に絶大な人気を誇るカリスマモデルだ。

成沢は、年上、モデル系の美人タイプが好みらしい。

「カニちゃんが今出てる『救急病室』、見てる？　カニちゃんの女医姿がいいんだよな」

ドキリと激しく心臓が鳴った。

「そそそそう？　ドラマなんて見てるんだ」

「これは特別だよ。前評判も高かったけど、主題歌は主役の早乙女《さおとめ》聡《さとし》が歌ってて、音楽プロデュースはあの、城ノ内氏だぜ？」

高嗣の名前が成沢から出てきて、心臓が口から飛び出そうになる。

「どうせお前、知らないだろう？　テレビとかも見てなさそうだもんな」

「う、うん」

見ていないどころか、その…。

「明日は？　生徒会の仕事、一緒にさぼってどこか寄ってかねえ？」

成沢の誘いを、西嶋が睨みつけて黙らせる。

「ううん、ごめん。明日も用事あるから」

「塾通いとか、してるんじゃないだろうな。ま、今度時間の都合、つけろよ」

「ごめんね」

何度断っても、誘ってくれる成沢の気持ちが嬉しい。

嘘をつくのは心苦しかったけれど、本当のことは絶対に言えない。

「勉強ばかりしてると、脳が溶けるぞ」

「大丈夫。そんなに勉強ばかりしてるわけじゃないもん」

生徒会の仕事もしてて、勉強ばかりしてる真面目な生徒。

これが友人たちや、学校の先生たちの、俺に対する評価だった。

絶対に、バレるわけにはいかない。

鼻の上の眼鏡を、深く掛け直す。


校門を出ると、目立たない場所に車が止まっている。

周囲を見渡し、誰の関心もないことを確かめてから、窓ガラスを軽く叩く。

「ごめんなさい、遅くなって」

「いいですよ、今日は道も混んでないし、大丈夫だから」

鞄を胸元で抱え込みながら、後部座席に乗り込む。

声を掛けてくれるのは、マネージャーの中邑だ。

「それより、その格好じゃ逆に目立つから。上着だけでも早く着替えてくれる?」

「うん」

私立の高校らしい学ランを脱ぐと、後部座席に先に用意されていたパーカーに着替える。

これでとりあえず、学校名が分かることはない。

どこで何があるか分からない。

学校側に内緒でこの仕事をやっている以上、いくら慎重にしてもしたりない。

「眼鏡も、本当はもっとお洒落《しゃれ》なデザインのを掛けたらいいのに。こんな仕事をしてるせいで、そんな分厚いフレームのを掛けて」

同情したように、中邑が眉を寄せる。

「元はものすごく可愛いんだから。なのにこんな仕事をしてるせいで、わざと学校ではその可愛らしい素顔を隠さなきゃならないなんて」

本当に悲しんでいるかのように、泣きそうな顔を作る。

「そんなことないってば。もともと俺、目、悪いし。正体がバレないようにするために眼鏡を掛けてるわけじゃないもん」

「でも…おいたわしい」

「何大げさなこと言ってるんだよ。これが俺の素の姿だし、落ち着くからいいの!」

優しいけれど、彼は大げさなところがある。

「…それに、俺、中邑さんが言うほど、可愛くないよ？」

「何言ってるんですか。結さんは可愛いですよ！」

照れもなくそんなふうに言われると、何も言えなくなってしまう。

雑誌の取材とか、ポスターとか、ＣＤのジャケット撮りとかで、色んなタイプのカメラマンに会う。彼らは一概に、被写体をその気にさせようとする。「可愛いよ〜」とか、「その表情、いいね〜」とか。中には地面に寝転がりながら「オオッケイ！　ザッツグーッ！　オゥイェー！」なんてわけの分からない奇声を発しながら、気分を盛り立てようとするカメラマンもいる。

さすがに一番最後のカメラマンにだけは、……逆に引いてしまったけれど。

彼だけが盛り上がっちゃって、よく見ればレンズは天井を向いていた。

逆効果だと思うんだけどなあ。思い出せば眉を寄せてしまう。

彼らはいい写真を撮るという目的のために、被写体をその気にさせて、自信をつけさせようとする。褒《ほ》めて自信をつけさせることによって、いい表情をさせることができるからだ。

時には自ら恥ずかしい声を発して、モデルの照れを奪って、普段見せない表情を引き出したりもする。

それはすべて、いい写真を撮る、という目的のためだ。

彼らのプロ意識の高さを感じるのは、そういう時だ。

「結さん、もっと自信を持ってくださいね！」

そう言ってくれるのは嬉しいけれど、中邑の場合も、自分の手がけるタレントを育て上げるための励ましなんじゃないかなって思う。それはプロのマネージャーとしての、仕事だから。

「う、うん」

力強い言葉と、中邑の勢いに呑まれ、思わず頷いてしまう。

自信なんて、持てそうもないけれど。

メイクさんや衣装さんが、プロとしての技術を駆使《くし》してくれるから、俺はやっと人並みになれるのだ。

俺が今、この仕事をしていられるのは、社長の絢という後ろ盾がいるからだ。

どんなに可愛くても、才能があっても、協力がなければ、仕事がもらえないのがこの世界の厳しいところだ。

これが俺の最大の秘密だった。

名ばかりの…。

名ばかりの、とちゃんと前置きしておくけれど。

絢に頼み込まれて無理やり引き受けた仕事とは。

俺はその…駆け出しの…。

この言葉を使うとき、いつも平静ではいられない。

今の仕事が嘘じゃないかっていつも思うから。

俺は…。

俳優兼アイドル、だったりする。


「おはようございまーす」

この世界特有の夜でもおはようの挨拶をしながら、テレビ局の通用門を通り抜ける。

ものすごく有名なタレントになると顔パスもＯＫだけれど、俺は中邑の提示するＩＤカードによって入ることが許される。

「眼鏡を取れば、すぐに顔パスなのに」

鞄からわざわざＩＤを取り出すのが、面倒くさいとばかりに、中邑は言った。

「でも、眼鏡を取ったら前が見えないし歩けないよ？」

顔パスなんて、できるわけがない。

「ちょっと待っててね」

玄関を入ってすぐ脇にある洗面所に寄ると、俺は眼鏡を外した。鞄からコンタクトのケースを取り出し、レンズを装着する。

「本当は、苦手なんだよな」

撮影現場というのは、高熱のライトを何時間にも渡って浴びる。スタジオ内は砂漠のように乾ききっていて、レンズなんて長時間していられない。けれど、仕事で必要だから眼鏡を掛けているわけにはいかない。

「お待たせ」

「行きましょう」

中邑について通路を進む。

部屋の前に来ると、扉には名前が張られている。神城友《かみしろゆう》様、張り紙にはそう書かれていた。

これが俺の芸名、だった。

本名の上條結、から取ったものだ。

室内に入るとすぐに、メイクさんや衣装さんが呼ばれる。

「相変わらず綺麗な肌してるわねえ。やっぱり若いっていいわあ。メイクで隠しちゃうのがもったいないくらい。これだけ毎日厚いメイクをしてるのに、なんでこんなにすべすべなのかしら」

メイクさんは男性だったりする。

「素顔で充分いけるけど、照明とテレビ映りもあるから、仕方ないわね」

「う…っぷ」

粉を存分にはたかれる。

「はい、できあがり！」

「じゃ、早くこっちへ！」

自分の出来上がりの姿なんて、殆《ほとん》ど見る暇はない。

支度《したく》が済むとすぐに中邑に手を引かれ、部屋を連れ出されてしまう。

撮影中はメイクさんが待機していて、少しでも汗をかいたり、メイクが崩《くず》れたりすると直してくれるから、自分でまじまじと鏡を見ることもない。

「元々可愛いけれど、心臓病の儚げな美少年役なんて、雰囲気が違っていてそれもまたいいね」

俺の役は、重度の心臓病に冒《おか》された高校生の役だった。

一応病人だから、笑顔はあまり見せないで、憂《うれ》いに満ちた表情をするように、指導されている。

幼い頃から病気と闘っているから、苦労した分、実際の高校生よりも大人びた印象になるように、メイクも衣装も落ち着いた雰囲気にまとめられている。

主役は実力、人気ともにナンバーワンの若手俳優、早乙女聡。

彼が俺の担当医で、医学部助教授の役だけれど、実際の年齢はまだ二三だ。

病気と闘うのを諦めた高校生を、助教授が説得し手術を受けて、っていうヒューマン感動ドラマ、…らしい。

もちろん俺はそんなに重要な役どころじゃなくて、実際は助教授をめぐる同僚や、女医とのロマンスとか、そういうのがメインだけれど。

「友くん、お疲れ様。学校終わったの？」

撮影スタジオに姿を見せれば、折りたたみ椅子に座っていた聡がすぐに俺を見つけて微笑みかけてくれる。

「早乙女さん…！」

「聡でいいよ。長くて呼びにくいだろう？」

主役なのに、ちっとも気取ったところがなくて、とても気さくだ。

「まずは何か飲む？　急いで来たんじゃない？」

共演者にも気配りをちゃんとしてくれる人で、スタッフに当たり散らすこともない。

おまけに、当然のことながら、主演俳優だけあって、ものすごくカッコいい。

ベストジーニスト賞や、主演男優賞にも何度も輝いている。

「学校と俳優の両立なんて、大変だね」

「そんなことないです…！　俺は脇役ですから。学校に配慮してもらって、出番も少ないですし。却《かえ》って、皆さんにスケジュールのご迷惑をお掛けしてるんじゃないかって、心配してます」

「俺には気を遣わなくていいよ」

優しげな笑顔が向けられる。

「ところで、あのー…」

なぜか彼は言いよどむ。

「はい？」

「お兄さんは今日は来ないの？」

「兄ですか？　今日は普通に事務所にいると思いますけど…」

「…そう」

なぜか聡は、がっかりしているみたいだった。

「早乙女さん、シーン２４、出番です！」

スタッフに呼ばれると、聡が立ち上がる。

「はい。何かあればいつでも言ってね」

スタッフへは、真剣な眼差しとともに答えるのに、振り返って俺に見せた瞳は、とても優しい目をしていた。

「カーット!!」

監督の声が響く。

それと同時に、俺はほっと肩から力を抜く。

役だということは分かるけれど、ずっと真剣で悲しそうな顔ばかりしていたから、顔が強張ってしまう。

やっと表情からも力を抜くと、周囲のスタッフが声を掛けてくれる。

「友ちゃんお疲れ」

「お疲れ様です」

挨拶とともに、深く頭を下げる。

「今日は思ったより早く終わったね。よかったね」

俺の出番は、今日はこれで終わりだ。

スケジュールが押すこともなく、早い時間に解放されるのは嬉しい。

マネージャーの中邑が、労いの言葉を掛けてくれる。

「あれ?」

中邑の視線が、スタジオの入り口に向かう。

つられてその方を向いて…。

げっ…！

思わず、本当に声を上げてしまいそうになる。

（な、なんで高嗣さんがいるのっ？）

入り口に立っていたのは、高嗣だった。

「やっぱり目立つなあ」

中邑は隣で呑気に感心しているけれど、俺は心から焦《あせ》っていた。

「あのっ…あの人…っ」

動揺のあまり言葉にならない。

「城ノ内先生じゃないか。知らない？」

「ううん、知ってるけど…」

知らないわけがない。

「いつからいたの…？」

まさか、俺が演技している恥ずかしい姿も見られてたとか…？

「友くんが撮影に入ったすぐ後くらいかな」

うわー…っ…。

頬に血が昇る。

見られてた…っ。

知り合いに演技している姿も、アイドルとしての姿を見られるのも恥ずかしくてたまらないけれど、それがよりによって、高嗣なんて…!

「なんで城ノ内先生がここにいるの?」

小声で隣の中邑に訊ねる。

「え? だってこのドラマの主題歌、あれを作曲してるの、城ノ内さんじゃないか。全体の音楽監督も務めてる。だから現場の雰囲気を摑むために、様子を見に来たいとおっしゃったそうだよ。まさか知らなかったの?」

自分のドラマの音楽プロデューサーくらい覚えておきなさい、そう叱られてしまう。

知ってるけれど…っ!

まさか現場に顔を出すとは思わなかったのだ。

この格好を見られてしまったなんて…!

「これからもたびたびチェックしに来られると思うよ。挨拶しとく? 挨拶は大事だよ。ほら、緊張しないで」

中邑は俺の動揺に気付かないらしい。

単なる人見知りの性質なだけだと、思っているようだ。

挨拶は大切だと思っても、最初のうちは、俺にはものすごく勇気がいることだった。

テレビで見たような顔がごろごろしてて、しかも中には、テレビのイメージとあまりにも違う怖い雰囲気の人もいたりして。

こんな仕事をしている割に、本当は人見知りが激しい性質の俺には、最初は頭を下げるだけで精一杯だった。

でも、それじゃいけないって自覚はしていた。

少しずつ、自分の中の臆病な部分を克服していけたらなって思っていて…。

挨拶も満足にできないと、責められるのは俺じゃなくて、マネージャーや、絢だから。

一所懸命睡眠時間を削って走り回ってくれるマネージャーや、大好きな絢を、悲しませたくなかった。

だから今は勇気を少しずつ、育てていたりもする。

内気な性格も、この世界に入って、多少は改善されてきたような気もする…けど。

でも、それとこれとは違う。

この姿を見られたくない…！

「さっ、おいで」

「中邑さん…っ！」

隠れる間もなく、中邑に手を引かれてしまう。

中邑は俺が高嗣と知り合いだって、絢から聞かされてないのかな。

「あの、城ノ内先生、ご挨拶させていただきます。さ、友」

促されて、俺は慌てて頭を下げた。

「神城友です。よろしくお願いします」

「神城、友…？」

胡乱《うろん》な目つきがねめつける。

（ば、ばれた…っ）

瞳をぎゅっと閉じながら、高嗣の反応を待つ。

『何やってんだ？　似合わない真似しやがって』『分を弁《わきま》えて大人しく家で予習復習でもしてろ』『ここはお前みたいなのが来る場所じゃない』

どんなことを言われるんだろう。

口の悪い高嗣のことだ。

馬鹿にされるかもしれない。

また、苛められるかも。

想像だけで、不安のあまりうっすらと涙目になってしまいそうになる。

「お前…」

考え込むように顎に手をやると、高嗣はじ…っと俺の顔を覗き込む。

「どこかで…」

気付いてないっ!?

安堵《あんど》と不安がせめぎ合う。
「どこかで会ったことがないか？　なんて言うつもりじゃないですよね」
たまたま高嗣のそばにいたスタッフが、たしなめるように言う。
たしなめるといっても、親しげな間柄だからこそ遠慮なく言えるみたいな感じだった。
もう既に、高嗣はスタッフにも溶け込んでいるみたいだ。
「気に入ったんですか？　だめですよ、手を出しちゃ」
慌てたように、中邑が言った。
手っ…ててて手っ⁉
ぎょっとしたように身構えれば、高嗣はむっとしたように目を尖らせる。
「違う。よく知ってる人間に似ていると思っただけだ」
今の言葉で決定的になる。
よかった…！
気付いてない！
そうだよな。
今日はこんな姿だし。
メイクだって撮影用にしてるし。
高嗣がＮＹに行った時、俺は小学生だった。

小学生と高校生では、顔立ちだって変わる。

再会したとき、俺は眼鏡にマスク！　で顔全体を覆っていたから、今の成長した顔を高嗣は見ていない。

マスクをしていたから、声だってくぐもっていた。

だから気付かなくても、当然だ。

でも、安心はできない。

バレていないならと、俺は駄目押しをする。

「あの、俺はあなたと会ったのは初めてですけどっ」

「ナンパの常套句《じょうとうく》を使わないでくださいよ。うちのタレントに」

高嗣の言うことを本気には取っていないのだろう。

軽口程度に流され、高嗣はむっつりとした口調で言った。

「そんなんじゃない」

「よく知ってるって、俺、会ったことありませんから！」

頑なに否定すれば、高嗣の鋭い目が俺を見つめる。

その迫力に思わず、中邑の背後に隠れてしまう。

「何もそこまで…。すみません。うちのタレントはかなり人見知りなところがありまして。本人も克服しようと努力してますので、どうか失礼はお許しください」

強硬に否定すれば、背後に俺を庇ったまま、慌ててとりなすように中邑が高嗣に向かって頭を下げる。

「城ノ内さんが怖いんじゃないですか？」

スタッフも俺をフォローしてくれる。

怖いわけじゃないけれど、今日の高嗣は黒に近い濃紺のスーツを着ているから、迫力があるのは確かだ。

力強いオーラを放っている。

女優までちらりと上目遣いに高嗣の様子を窺っては、頬を染めている。

「中邑さん、ちょっと明日のスケジュールで確認したいことがあるんだけど」

袖を引けば、中邑は不思議そうな顔をしながらも、それ以上その場にいることを強要しようとはしなかった。

「それでは失礼します」

「失礼します」

中邑の後ろから、俺も頭を下げる。

その場を立ち去ろうとする俺の背に、いつまでも高嗣の視線が突き刺さっているような気がした。

「お疲れ様」

その日の撮りも無事に終わり、控え室に寄ると、荷物を引き取る。

学生服には着替えずに、衣装のまま控え室を出る。

昨日着ていた学生服は、高嗣に見られている。

高嗣が帰ったか分からない内は、少しでも俺が結だと分かってしまう要因は避《さ》けたかった。

「スタッフと確認しておくことがあるから。ちょっと待っててくださいね」

「はい」

中邑がスタッフの控え室に向かう間、通路で手持ち無沙汰に待っていると…。

「友くん、まだ帰っていなかったんだ。よかった。いつもさっさと帰っちゃうからさ」

親しげに声を掛けてきたのは、さっきの撮影の監督だった。

監督も今日は撮影が順調にいったのか、仕事が終わったらしい。

「たまにはご飯食べに行こうよ。インテリアデザイナーの話題の店、シャンデリアが綺麗で、とっても雰囲気があるんだ」

撮影は終わったといっても、編集作業などの仕事がまだ残ってるはずだと思い、思わず眉を寄せてしまう。

「あの…監督、仕事は…？」

「いいのいいの。お酒も少しならいけるだろう？」

「あの、俺まだ未成年です…」

「今時、皆飲んでるって」

強引に誘われれば、困りきってしまう。

まだ撮影が続く以上、強硬に断って気分を損ねるわけにはいかない。

もちろん、行きたくはないけれど、俺が理由で、監督に役を降ろされでもしたら、絢の迷惑になる。

そう思えば強くも出られない。

何とか失礼のないように断ることができないものかと、うんうん唸りながら必死で考えを巡《めぐ》らせる。

「友くん、さあ、おいでよ」

肩を抱かれ、胸元に引き寄せられる。

「あの…っ、俺…っ」

焦りながら、中邑の姿を探す。

けれど、仕事の話が立て込んでいるのか、まだ戻ってきてはくれない。そのとき。

「私と約束がありますから」

力強い腕が、俺を監督から引き離す。

「たっ…、城ノ内先生…!」

監督が驚いたように目を見開く。

高嗣!?

「私と約束があるんですよ。申し訳ありません」

有無を言わさない口調だった。

「いえ、こちらこそ、お約束があるのに失礼しました」

このドラマの責任者である監督さえ、高嗣には逆らえないらしい。

「なんだ、友くん、先生と約束しているなら、そう言ってくれればいいのに」

残念そうな目つきで、監督が俺を見つめる。

視線が身体を舐《な》めるように這う…。

その様子に、背がぞくりと戦慄《おのの》く。

他の人には見られても気色悪さなんて感じないのに、この人に見られたときだけは違う。

俺だって、約束をしてたことを今知ったのだから、言えるわけがない。

「申し訳ありません」

それでも、頭を下げれば、監督は渋々と引き下がる。

「それでは」

「またよろしくお願いします、城ノ内先生」

高嗣に先生って呼び名も似合わない。

むず痒い気持ちになって、眉を寄せてしまう。

「来なさい」

「はい」

戸惑《とまど》っていると、高嗣に促される。

広い背を追って後をついていく。

約束をしていたわけではなかったけれど、あの監督の誘いから逃れられるならよかった。


高嗣が俺を連れて行ったのは、テレビ局の地下の駐車場だった。

芸能人の派手な車が並ぶ中、高嗣が足を止めたのは、実用的な高級車の前だった。

「送ってあげるから乗りなさい」

俺のために助手席を開けてくれる。

仕草も車も、一流の成功者の男としての態度に溢《あふ》れていて、似つかわしい。

口調も態度も紳士的で、結に対してだったら、こうはいかなかっただろう。

多分、俺が俳優の友、だからだ。

だから、こんなふうに優しくしてくれるのだろう。

本当に気付いていないのかもしれない…。

「あの、約束って…」

本当は約束なんてなかったのは、高嗣だって知っている。

「強引に誘われて、困ってただろう？　だから咄嗟《とっさ》に声を掛けたんだが」

やはり、助けてくれたのだ。

「ありがとうございます…。その、迷惑を掛けてすみません。もう大丈夫ですし、これ以上迷惑を掛けるわけにはいきませんから、後はマネージャーと帰ります」

中邑も心配する。

そうだ。今頃俺を探しているかもしれない。

「それはやめておいたほうがいい」

「え…？　何でですか？」

「私と約束があると言ったのに、マネージャーと帰るところを監督に見られたら、後でどう言い訳をするつもりだ？」

それは確かに、そうかも。

なんとなくあの監督は、そういうことを気にして、後から言いそうなタイプだ。

「マネージャーが心配するというのなら、ここから連絡をしておいたらどうだ？　何なら私から連絡をしてもいいが」

大人の対応で、高嗣が俺を気遣ってくれる。

周囲の人間の立場も、気を配ってくれる。

こうまで親切に言ってくれるのだから、断るのは悪い気にさせられる。

本当は、少しでも、高嗣と接する機会は避けたかったけど。

特に車で二人きり、なんて、どこで気付かれるか分からないから…。

俺はなるべくうつむき加減で、答えた。

「あの、本当に迷惑じゃないんですか？　その、先生はお忙しいですし…」

「忙しかったら最初から、送るなんて言わない。自分の言ったことには責任を持つ」

きっぱりと宣言され、俺は覚悟を決める。

大丈夫。

今は夜も遅い。

車の中だって暗い。

気付かれる要素は、少ない。

「マネージャーに連絡しますね。ちょっと待っててください」

携帯を取り出すと、短縮ダイヤルを押す。

コール音は一回で、すぐに中邑が出た。

『友くん！　どこにいるんですかっ⁉』

涙声になっている。

今時のマネージャーには珍しく、中邑は実直で真面目で、誠実な人だ。

彼にはものすごく心配を掛けてしまったみたいだ。

「ごめんなさい…その、今、局の地下駐車場にいて…」

『駐車場⁉　なんでそんなところにいるんですか？　まさか何か事件に…』

「違う。その、…監督に飲みに誘われて」

『未成年でしょう！』

最後まで聞かないうちに、怒られてしまう。

「だから、困ってたところを、た…いや、城ノ内先生に助けてもらったんだ。それで、監督の目もあるから、心配して今日は送ってくれることになったんだ」

『なんだ、そうだったんですか』

電話の先で、中邑がほっと胸を撫で下ろす気配が伝わる。

「社長にも連絡しておいてくれる？　俺からも連絡するから」

『本当ですか？　分かりました。ちゃんと連絡するんですよ』

中邑は念を押すと、電話を切った。

通話が終わるのを、高嗣は外で待っていてくれた。

俺が乗り込むと、ドアを閉めてくれる。

運転席に座ると、高嗣は訊ねる。

「友はどこに住んでいるんだ？」

友？

動きを止めてしまった後、それが俺の名前だってことを思い出す。

高嗣に言われると、呼ばれ慣れた芸名なのに、一瞬反応できなくて戸惑う。

「えっと…松前坂《まつまえざか》です」

自宅の一つ先の駅名を告げる。

「松前坂？」

高嗣は不審そうに眉を寄せる。

適当なマンションの前で下ろしてもらって、そこから歩いて帰ろう…。

そう思ったけれど、何かおかしなことがあっただろうか。

「本当にそこでいいんだな？」

「はい」

力強く頷けば、高嗣は車をスタートさせる。

二人きりの車内。

ＦＭを流してくれるけれど、たまに言葉が途切れれば、緊張してしまう。

いつ正体がバレるのかということと、高嗣と二人きりという二重の緊張に身体が強張る。

スタジオからほんの二十分ほどの距離なのに、その時間が本当に長く感じる。

隣にいる高嗣の姿に、ちらりと視線を走らせる。

じろじろ見ていると、不審感を煽《あお》られてしまいそうだから。

スーツにネクタイを締めた高嗣の姿に、俺も慣れない。

久しぶりに見た高嗣は、艶めいた大人の男の色気をまとっていて…。

まるで、別人みたいだ。

昔、家に来たときは学生服で、その時の記憶が鮮《あざ》やかだから。

ハンドルを握る腕も男っぽくて、目を奪われる。

「ああいうこと、日常的にあるのか？」

やっと口を開いたのは、高嗣が先だった。

「ああいうことって？」

俺は小首をかしげる。

「今日みたいに、無理やり誘われたりとか、だ」

未成年なのに飲みに誘われたことを指しているのだろう。

「えっと…その、滅多《めった》にないんですが…」

普段は中邑が、目を離さないようにしてくれているから。

「滅多に、か。たまにはあるんだな？」

高嗣が苦々しい様子で、眉をしかめた。

「抑止力《よくしりょく》が必要だな」

ぼそりと高嗣が呟《つぶや》く。

「俺と付き合わないか？　友」

「へっ？」

俺は目を見開く。

高嗣が何を言い出したのか、分からなかった。

「俺を恋人にすれば、あんな奴は近づけさせないが」

もしかしてそれって…。

俺の立場を考えてくれてるのは嬉しいけれど。

「偽装恋人…？」

そう告げた途端、高嗣がブレーキを踏み込む。

高嗣が俺に恋人になれなんて、言うはずがない。

よく考えれば、高嗣だって相当モテるだろう。

誰かに言い寄られているかで、困っているのかもしれない。

この業界、一応、恋人の性別には理解がある…らしい。

恋人がいることにしておけば、高嗣も便利なのかな？

高嗣はなぜか、がっくりと肩を落とした。

安全を確認すると、車を路肩に止める。

「偽装で恋人になってくれなんて頼み込むほど、俺は落ちぶれてはいないつもりだが…」

大きな溜め息をつく。

偽装、じゃないとしたら…。

「え？」

「本気で付き合わないか、訊いたんだが」

本気？

耳を疑う。

何度もその言葉を反芻《はんすう》する。

『俺と付き合わないか？』

その言葉が本気だとしたら…。

「付き合っている間は、恋人だけを存分に甘やかして、大切にしてやる。何でも言うことを聞いてやるし、どんな我が儘《まま》を言ってもかなえてやる。夜中に電話一本で呼びつけても、駆けつけてやる。どうだ？」

尊大な口調からは、とてもそんな殊勝《しゅしょう》なことをするタイプには、見えなかったけれど。

「あの、付き合うって、俺に恋人になれってこと…？」

おずおずと訊ねれば、これだけ言ってもまだ分からないのかと言いたげな瞳にかち合う。

「俺で…俺でいいの？　俺なんかで、いいの？」

「何？」

高嗣のほうが、俺の返事に驚いたような顔をする。

俺の答えが意外だったみたいに。

「恋人に、してくれるの？」

本当に？

恋人。弟じゃなくて。

その言葉は心にじわりと沁み込む。

「そう言ってるだろう」

高嗣がきっぱりと言った。

「お前こそ、俺と付き合ってもいいのか？」

その言葉に、俺はコクリと頷く。

「それじゃ…恋人のキスだ」

高嗣の身体が運転席から乗り上げる。

次の瞬間、口唇が重なっていた。

（あ…）

目を閉じることも忘れていた。

見開いたまま、重なる高嗣の口唇を受け入れる。

覆いかぶさってくる体軀に、助手席で身体を強張らせるけれど、背もたれに阻《はば》まれて、逃げられない。

鼓動が、音が聞こえてしまいそうなくらい、脈打っている。

初めての、高嗣とのキス。

（…今、高嗣さんとキスしてる…）

どきどきしながら、うっとりと溜め息をつく。

「おい、歯を食いしばるな。力を抜いて」

吐息の合間に、角度を変えながら高嗣が言った。

高嗣にリードされて、俺は必死に応える。

慣れた大人の男の口吻《くちづ》けの仕方を、覚えこまされていく。

車の中で、…なんて…。

頰が上気《じょうき》していく。

「何故、逃げない？」

口唇が離れると、高嗣が言った。

なぜかその口調に、腹立たしげなものが混ざるのはなぜ…？

「だって俺たち、付き合うことになったんでしょう？　だったらキスだって…するものじゃないの？」

咎められているような気がして、怯《おび》えながら告げる。

初めてのキスの余韻に、甘く浸《ひた》ることもないまま。

嬉しいけれど、泣きそうな気持ちになる。

運転席に戻ると、高嗣は黙ったまま車のアクセルを踏む。

それからは殆ど、会話はなかった。


「あの…ここって…」

俺の自宅にも近い、松前坂の駅前のマンションの前で、高嗣は車を止める。

「松前坂って言っただろう？　俺の家もここにある」

「ええっ!?」

たまたま昔からある俺の家とは違い、駅前に最近建設されたばかりのマンションは、数億を下らない物件だ。

「ついでだから、寄っていけばいい。どうだ？」

「…はい」

素直に頷いてしまえば、高嗣が驚いた顔をする。

そういえば、高嗣の家に遊びに行ったことはなかった。

高嗣がどんな生活をしているか、興味があったんだ。

ガードマンが立っていて、シャッターが開く。

外から見えない場所にある、セキュリティのしっかりした駐車場に車を止めると、そのまま誰にも姿を見られずに、居住スペースへとエレベーターで行ける。

「スタジオを兼ねた場所も都内に幾つか契約しているが、ここはまるっきりプライベートで使っている。連れてきたのは友が初めてだ」

「そう…なんだ…」

そんなところに俺を入れてくれるなんて。

少し嬉しくなってしまう。

「あの、色々部屋の中を見てもいい？」

はしゃいだ気持ちで訊ねれば、高嗣はあっさりと許可してくれる。

「部屋の中の物を壊《こわ》さないならな」

「多分、大丈夫です」

「多分？」

眉を寄せる高嗣に、慌てて言った。

「いえ、絶対壊しません」

「よし」

部屋の扉を次々に開ける。

一体、何部屋あるんだろう。

観葉植物、ワインセラー、ガラスのテーブル、…お洒落な間接照明に映し出された空間は、モデルルームみたいに綺麗だった。

窓から見えるのは、オレンジ色に光る東京タワーだ。

「すごい…」

大きなガラスの窓から眼下に広がる景色を眺めながら、感嘆の溜め息をつく。

高嗣の知らなかった部分を、ＮＹから帰ってきていっぱい知る。

そのたびに、遠い世界の人に思えてしまう…。

だからといって、好きだって気持ちがなくなったわけじゃないけれど。

以前は、少なくとも今よりは身近に感じていた。

今は、お互いの立場も違う。

高嗣は、敏腕音楽プロデューサー兼ヒットメーカーの作曲家として。

そして俺は一応、芸能界にいる人間として。

お互いに今は仕事を持つ。

仕事の延長で、高嗣とは知り合った。

でも、俺は高嗣が成功した人じゃなくっても、昔から好きだったから。

仕事とか、一切関係なく、一人の人間として、好きだったから。

昔は余計な立場がなかった分、距離が近いと感じられたのだろう。

「あの、この部屋は？」

マンションの奥まった部屋を開ける。

中央に置かれたのは、大きなダブルベッド。

間接照明には、既にライトが灯されていた。

モデルルームみたいな寝室に、シックなクッションがインテリアとして置かれている。

「自分からこの部屋に入るなんて、誘ってるのか？」

「え…？」

背後から回る逞しい腕に、抱きすくめられる。

「誘ってなんて…あの…っ」

目の前には、ベッド。

自ら寝室に入る…。

(あ…!)

高嗣のことを恋人として好きだと言いながら、今まで意識してはいなかったのだ。

弟みたいに俺のことを扱っていたから。

まさかこんなふうに俺を抱き締めたりするなんて、考えも及ばなかった。

キス、されたのに。

今日このマンションに寄ったのも、俺は…純粋に今の高嗣のことが知りたいと思っただけで。

でも、恋人になれって言われて、キスまでして、その後にマンションにまでついてきたのだ。

俺の態度は、誤解されても仕方がない…。

(どうしよう…)

心から焦ってしまう。

さっきから、ムッとしたような高嗣の態度が怖い。

「あ…っ」

高嗣は腕に俺を抱き込んだまま、軽々と抱え上げる。

そして、下ろされた先は、中央にあるベッドの上だった。

恋人同士なら、当然…だろう。

「あの……」

胸の鼓動が激しく脈打つ。
心臓が口から飛び出てしまいそうだった。
「俺と付き合うってのは、こういう意味だ」
高嗣が俺の身体の両脇に腕をつく。
頭上から力強い瞳に見下ろされ、…恥ずかしい体勢と緊張に、くらりと眩暈《めまい》がした。
「どうだ？」
無理強いをしたりはしない。
俺の反応を確かめるような気配があった。
高嗣と付き合うなら、こういうことも含まれる。
恋人にしてくれるって、高嗣は言った。
俺が何よりも、手に入れたい立場だった。
もし拒んだら、高嗣は二度と、俺を相手になんて、してくれないかもしれない…。
怖かった。
恥ずかしかった。
あまりにいきなり過ぎて、本当は心の準備なんかできていない。
でも、突き放される方が怖いという気持ちが勝る。
それに、高嗣が…。

（まさか…俺を相手にしてくれるなんて…）
ずっと、相手にもされなかったのに。
試すように、高嗣が身体を重ねようとする。
「あの…ちょっとだけ、待ってくれませんか？」
おずおずと訊ねる。
「怖気づいたか？」
「違います。その…泊まるって…家に連絡しないと、家族が心配するから…」
言いながら、頬に血が昇った。
はっきりと告げる。
ここに泊まる…って。
多分、いや、きっと、後悔なんてしない。
高嗣が、好きだから。
高嗣が俺の表情をじ…っと見つめている。
覚悟を決めても、自分の言葉が恥ずかしくてたまらない。
ベッドから下りると、鞄から携帯を取り出す。
――今日、高嗣さんの家に泊まるね。
メールを打つと、鞄の中に投げ込んで、再びベッドに戻る。

高嗣は待っていた。
「ごめんなさい…その」
気を殺《そ》がれたと突き放すだろうか。
そんなのは、嫌だ。
どうしよう。
俺は高嗣の首に腕を回した。
謝る気持ちを込めて、口唇を押し付ける。
色気も何もないキスだったけれど、…突き放さないで欲しい。
泣きそうになりながら、覚悟を伝える。
すると、高嗣は俺の頬を掌で包み込むと、言った。
「焦らされた分、覚悟しておけ」
（あ…）
大丈夫、まだ、相手にしてはもらえるみたいだ。
俺は強張った身体のまま、縋《すが》りつく腕に力を込める。

「いつもこうやって誘ってるのか?」

咎められてる気がする。

初対面じゃないし、…高嗣だから。

高嗣が好きだから。

こんなふうに誘ってもらえたら、拒めるわけない。

それどころか、嬉しくて。

「動けないだろう? そんなに力を込めるな」

「あ、ごめんなさい」

どうしよう。

嫌がられたらと思えば、泣きそうになる。

「あの、俺はどうすればいいの?」

「どうって…。普通にしてろ」

(普通?)

「いつもどおりにしてればいい」

いつもどおり?

慣れていないとだめなのかな。

ここに誘ったのって、そういうふうに見えたのかな。

いや、違う…と思いたい。

付き合おうって言ってくれた、から。

ちゃんと恋人にならないか、って言ってくれたから。

恋人。

弟とか、じゃなくて…。

恋人に、昇格できたんだ…。

『付き合ってる間は、思い切り甘やかしてやる』

甘やかしてなんてくれなくていいけど、その人のことだけ、大切にしてくれるっていうから。

他の人の付け入る隙なんて、ないくらいに一番、愛してくれるなら。

恋人の立場に、なりたい。だから。

恥ずかしいけれど、耐えられる。

「あ…っ」

上着を脱がされる。たまに指先が肌に触れる。その感覚にすら、心臓が跳ね上がる。

(恥ずかしい…よう…)

頬が高潮するのが分かる。身体が強張る。

でも、逃げられない。

逃げたくない。

うっすらと目を開ければ、覆いかぶさっている高嗣の肩が見えた。

(あ…)

いつの間にシャツのボタンを外したんだろう。

前がはだけていて、狭間からちらりと胸元がのぞく。

逞しく筋肉がついていて、その艶かしさにドキリとなる。

自分とは違う、大人の男の人の身体…だった。

硬く引き締まっていて、頼もしさを感じる。

それが自分に重なってくる…。

長い骨ばった男らしい指先が、俺の上着を脱がしていく。

裸体を晒《さら》していく。

「もう少し肉がついていたほうがいいな。痩《や》せ過ぎだ、お前は」

「あ…」

強い眼光が肌に突き刺さる。見られている部分の肌が、火傷《やけど》しそうになる。

裸になっていく姿を見られている。隅々まで値踏みするような視線が這《は》わされて、いたたまれない気持ちを味わわされる。

羞恥《しゅうち》で脳が焼き切れそうだった。

「そ、その、つまらない…?」

やっぱり、もっと肉のついた身体のほうがいいんだろうか。

こんな貧弱なのより。

「いや、そんなことを言ってるんじゃない。お前の仕事は身体が資本だろう。食事もできないようなスケジュールを組まされてるんじゃないのか？」

「ううん…ちゃんと食べてる…と思う…」

顔を背《そむ》けながら答える。

もしかして、心配してくれてるの、かな？

恥ずかしいよう…。

こんなふうに、普通に会話とかってしちゃうものなの？

見た目の感想とか、そういうの、何も言わずにさっさと終わらせてくれればいいのに。

これが大人の余裕…なんだろうか。

俺なんて服を脱ぐだけで、恥ずかしくてとてもじゃないけれど、何も言えない。

高嗣の裸だって、じっくりと眺めることなんてできなくて、目を逸らしてしまったくらいなのに。

「あ…」

ズボンを下着ごと引き抜かれる。とうとう裸になってしまう。

逞しい身体が、覆いかぶさってくる。

高嗣が首筋に口唇を落とした。

「あっ…あ」

思わず、声が洩れた。

「悪くはないが。もっと色っぽく鳴けるようにしてやる」

色っぽいなんて。

肌がじわりと痺れたようになる。

指先が肉根に掛かった。直に熱い掌に包み込まれる。

「ひあ…っ」

「驚いた声じゃなくて、もっと色っぽい声を上げろよ」

「だ、だって」

「まあいいか。俺がそういう声を上げさせられるようにすればいいだけだ」

妖《あや》しい動きで揉《も》みしだかれる。

他人の指に直に握られる刺激は強烈だった。身体を激しい熱がせり上がる。

「…っ、…ぁっ」

長い指が巧《たく》みに肉根を擦《す》り上げるたびに、体内の奥底から甘い疼《うず》きが込み上げてきてたまらなくなる。

「もう濡《ぬ》れてる」

くす…っと高嗣に鼻で笑われたような気がした。

ぴちゃ…という音に、先端が既《すで》にはしたない蜜《みつ》を洩らしていたことを知る。

「や、や…」

「大人しくしてろ。ちゃんと気持ちよくさせてやっているだろう?」

長い指が茎を滑り降り、筒に蜜をこすり付ける。ぬるぬるの感触が淫《みだ》らがましく思えて、いっそう俺の欲情を煽った。

欲望は痛いくらいに立ち上がってしまっている。

「あ、あ、ん…っ」

「段々いい声になってきたな」

茎を扱きながら、高嗣が耳朶《じだ》を甘く噛《か》む。

「俺をその気にさせる素質は充分だ」

低い声が官能を煽るように囁《ささや》いて…。

そうされれば、ぞくりと痺れるような快感が背筋を走って…。

経験のない俺は、すぐに達してしまう。

「や…っ」

ぶるっと身体を震《ふる》わせながら、羞恥に泣いた。

「…かわいいな、お前」

涙で潤《うる》む瞳を見下ろしながら、高嗣が眦《まなじり》に口唇を落とす。

「男に達《い》かされて真っ赤になってる顔、結構そそる」

そして真っ赤な頬に口唇を触れさせる。

けれど、行為はそれで終わりではなかった。

「そんな…、どこ、触ってるんですか…っ!?」

放ったものを、塗りつけられる。

「なんで…」

「なんでって、このままじゃきついだろう? 充分に解しておかないと」

なぜ弄《いじ》るのを躊躇させるのか、分からないといった顔をする。

「う…っ、う…っ」

異物感に悪寒が走る。

自分でも弄ったことのない部分を、指で抉られる。

思わず目を開けてしまえば、両脚を大きく高嗣に向かって開く自分の姿勢が目に飛び込んでくる。

しかも間に逞しい身体を挟《はさ》みこまされ、高嗣は狭間《はざま》に指を突き立てているのだ…。

全身がかっと熱くなる。

薄桃色の肌も、これ以上ないくらい、上気してしまっている。

「噛み締めるな」

「は、はい、先生」

慌てて身体から力を抜こうとすると、高嗣ががっくりと肩を落とすのが見えた。

「お前…俺は学校の先生じゃないんだから」

言いながら、咎めるように高嗣が指をぐり…っと中で回しながら抉《えぐ》った。

「あぅ…っ」

ある部分を抉られると、途端にずきりと全身に快感が走った。

射精感が込み上げる。

「あ、あ、何…」

「ここか？　お前のいいところは」

ふ…っと口の端を上げながら、俺が身体を震わせた部分を、高嗣が何度も指先で突く。

するとどうしようもなく強い射精感が込み上げてたまらなくなるのだ。

「や…っ、やぁ…っ」

びくびくと身体が小刻みに震えた。背をしならせながら、込み上げる痺《しび》れに耐える。

触れ方も、追い上げ方も、意地悪っぽい気がするのは気のせい？

でも、高嗣が好きだから。

抱き締められたら力が抜けてしまう。

好きな人が…キスしてくれるんだから。

指が引き抜かれる。

その代わりに熱いものが押し当てられる。

高嗣が俺の腰をしっかりと支える。

(まさか…)

次の瞬間、灼熱《しゃくねつ》の塊《かたまり》が、狭間に押し入ってきた。

「や…っ…!」

拒絶の言葉を吐くものかと思っても、恐怖につい洩れてしまう。

全身を強張らせながら、征服しようとするものの圧迫感に耐える。

すると高嗣もきつかったのか、不審そうに眉を寄せながら、ぬるぬるになった指先を俺の胸に滑らせた。

引っ掛かるそれにじわりと甘い新しい疼きが灯ったけれども、それよりも初めて男を受け入れる衝撃のほうが凄まじい。

「う、う…」

口唇を噛み締めて耐える。

高嗣と、一つになれるんだから。

俺を、求めてくれるんだから。

「まさか、お前、初めてか?」

こくこくと頷く。

こういう世界にいると、乱れた人が多いっていう先入観があることに、思い当たる。

驚いた顔が飛び込んでくる。

高嗣の双眸《そうぼう》が…苦しげに歪《ゆが》む。

「だったら…もっと、…いや」

まるで後悔したみたいに。

「や、めないで…」

高嗣の恋人になれるのに。

心配して泣きそうになりながら告げる。

すると、高嗣はこめかみに優しく口唇を落とした。

舌で拭《ぬぐ》われて、初めて、俺は冷や汗を流していたことに気付く。

「今さら止められるか。…もう、お前は俺のものだ」

……高嗣さんの、もの。

「先生も、俺のものになったと思って、いいですか…?」

本当は、高嗣さんって呼びたかった…けれど。

泣きながら訊けば、中のものがぐん…と大きくなったような気がした。

翌朝、俺は覚えのないシーツの感触と、温かい腕に包まれて目覚める。

自分の腕に絡《から》まる逞しい腕の持ち主は…。

顔を上げると、目の前に整った顔が飛び込む。

ひゃー…。

瞬時に、昨夜の記憶が蘇る。

二人一緒に目覚めるのは、高嗣の腕の中に俺がいる、理由は…。

あんなこと、しちゃったんだ。

起きた気配に気付いたのか、高嗣がゆっくりと俺の身体から腕を外す。

「あの…」

「無理をさせすぎたか？　なかなか目を覚まさないから心配した」

「ごめんなさい。その、先に起きてても、よかったのに」

「一人で目覚めさせたくなかっただけだ」

高嗣には似合わない、甘い言葉だった。

「飯くらい作ってやる。食べた後、家まで送るから」

高嗣がベッドから下り立つと、ズボンを身につける。

家まで送る。

あっさりと言われてしまって、不安になる。

「あの、待って…！」

上体を起こすと、寝室をさっさと出て行こうとする高嗣を引き止めてしまう。

「何だ？」

高嗣は俺の表情に何かを感じたのか、戻ってきてくれる。

「俺をその、相手にしたこと、後悔してる…？」

抱いたこと、なんて生々しくて口に出せない。

もっとすごいことを、昨日いっぱいしたのに。

「責任取れなんて言わないから、だから、その、大丈夫だから」

言いながら泣きそうになる。

後悔されていたら、どうしよう。

送られた後、それきりにされたら。

「後悔なんかするか」

ぽん、と頭に手をやると、高嗣がくしゃりと俺の髪を撫でた。

（あ…）

昔から変わらないところを見つけた。

昔から、家に遊びに来るたび、こうやって俺の頭を撫でることがあったから。

弟に対する仕草みたいな感じだったけど、可愛がってくれてるみたいで、嫌な感じはしなかった。

その後必ず、ぐしゃぐしゃに掻《か》き回されちゃったりして、いっつも頭上に手をやりながら「何するんだようう〜」って抗議したけど。

最初は苦手だったけれど、段々好ましく思うように、なって。

意地悪兄貴の、悪ガキの弟に対する扱い…だったのが苦しかっただけで。

今回もぐしゃぐしゃにされちゃうのかな、って思ったら、頭上に置かれた掌は、するりと滑り降りて、耳朶をなぞった。

「ひゃ…っ」

思わず肩を竦《すく》めるけれど、高嗣はそのまま俺の頬を掌で包み込む。

力がこもり、軽く上向かされる。

そのまま、高嗣の動きが止まった。

（え…）

力強い双眸が、じ…っと俺の顔を見下ろしている。

（何…？）

胸が鳴る。

(何かあったの…?)

頬の感触を確かめるように軽く撫でると、頬を包み込む掌に力がこもって、上向かされて…。

「ん……」

高嗣の口唇が、重なる。

しっとりと触れる、柔らかなキス。

息を止めて、離れるのをじっと待つ。身体が硬直したまま動かない。

やっと離れていく。

「そんなに身構えるな」

ふ…っと高嗣が笑った。

笑うと普段が怖い印象だからか、ずい分と優しげに見える。

男らしくて、闊達《かったつ》で、立っているだけで人を惹きつける人で、俺はずっと憧れていた。俺には意地悪だったけれど、こんなふうに笑うと優しげな表情になって…。

高嗣の優しげな表情なんて、そう見たことはない。

胸が高鳴って、心臓の鼓動が速まりすぎて、落ち着かない。

高嗣が周囲を見渡す。

「これでも掛けてろ」

他に適当なものがなかったのか、床から拾った高嗣の上着を、肩から掛けてくれる。

袖を通すと、高嗣のものは俺にはものすごく大きい。

袖口から指が出ない。裾《すそ》だって、太腿《ふともも》をすっぽりと覆いつくしてしまう。

袖口からちょこんと指先を出すと、確かめるように指先を伸ばしてみた。

「やっぱり大きいね」

頭上の高嗣を見上げるときは、どうしても上目遣いになってしまう。

首を傾けながら、にこっと笑って感想を言ってみる。

（へへ…）

照れくさくなってしまう。

よかった。

まだ、…それきりにされたりは、しないらしい。

後悔も、してないみたい。

シーツの上に座り込みながら、安堵のあまり、自然に笑《え》みが零《こぼ》れる。

なんか嬉しい。

これって、弟じゃなくて、…なんか、本当に恋人、みたい？

髪もぐしゃぐしゃにするのを遠慮して、ちゃんと恋人扱いしようとしてくれてるのかな。

扱いを弟から恋人に昇格、させてくれたのかな。

俺を見下ろす高嗣にはなぜか、絶句した気配がある。

「…さすがに、初めての奴を、いきなり続けて二度も犯すのは獣《ケダモノ》だな」

高嗣が額を掌で押さえながら、天を仰《あお》ぐ。

(…?)

何を言っているのか分からなくて、首を傾げるだけだ。

「身体を洗ってやる。来い」

膝裏に腕が差し込まれ、軽々と抱きかかえられてしまう。

「あの、自分でできるよ?」

「中のものを掻き出すのが?」

「なっ…中のものって!?」

言われれば動揺する。

「最後まで、お前を俺のものにしたかったからな」

言われれば、後孔に、冷やりとした感触が残っている。

じゃあまた、そこに指を?

震えてしまえば、高嗣は口の端を上げてみせる。

「たっぷりと可愛い声を上げさせてやる。そのくらいは許せよ」

そして浴槽で背後から抱きかかえられながら、楽しむようにあちこち触られて…。

ぐったりと湯あたりする寸前まで、俺は声を上げさせられたのだった。


「本当にここでいいのか？」

高嗣は本当に家まで送ろうとしてくれたけれど、強硬に断ったのだ。

今日は土曜の上、ドラマにも俺の出番はなかったから、助かった。

「うん。色々買うものがあるから…。それじゃ」

「そうか。…待てよ」

助手席から出ようとすると、高嗣が運転席から身を乗り出してくる。

（わ、…）

身構える前に、口唇を塞《ふさ》がれる。

「ん…っ」

触れただけで、それは離れていく。

目を見開いたままで、いきなりのキスを受け入れる。

口唇が離れると、いつもの悪っぽい笑みを浮かべたまま、高嗣が運転席に再び身を埋める。

「また、連絡する」

別れ際《ぎわ》に、そう告げられる。

よかった。

次があるんだ。

嫌われてなかったんだ。

走り去っていく車を、俺はいつまでも見送っていた。


「ただいま」

そっと玄関をくぐる。

さすがに朝帰りは後ろめたいけれど、すぐに絢が玄関に出てきて、俺を出迎えてくれる。

「お帰り。あれ、高嗣は?」

「もう、帰ったよ」

「寄っていけばいいのに、水臭い。そういえば、車の音聞こえなかったな。まさかあいつ、お前をちゃんと車で送ってこなかったのか?」

「ううん、ちゃんと送ってくれたよ」

強硬に断ったとは言えない。

「朝ご飯は？　あいつはちゃんとお前に食べさせたのか？」

「過保護なんだから」

絢は昨夜、高嗣との間にあったことに、気付きもしない。

普通は男同士で、しかも絢にとっては親友と弟の間に、何かあったとは思わないだろう。

安堵するけれど、恥ずかしくてたまらない。

「ごめん。宿題がいっぱいあるから、部屋に戻るね」

「勉強か？　だったら後でお茶とお菓子を持って行ってやる」

「いいよ、兄ちゃん。兄ちゃんだって仕事忙しいんだから。たまにいられる日くらい、ゆっくり休んで疲れを取りなよ」

「なんていい子に育ったんだ」

ぎゅむーっと抱き締められ、俺はじたばたともがく。

「兄ちゃん苦しい」

こんなふうに俺を信頼してくれる絢を、俺は裏切ってしまった。

絢の顔が見られない。

一日で、すごいことがいっぱいあった。

キス…だけじゃなくて、あんなことも…。

「熱あるんじゃないか？　あいつ、お前にちゃんと布団《ふとん》をかけたのか？」

「え…っ」

ドキリとなる。

裸のまま眠ってしまったのは、事実だから。

でも、高嗣は俺を腕に抱きこんでくれたから、全然寒くなかった。

それどころか、高嗣の腕の中は、熱くて。

昨夜のことを、思い出しそうになる。

「だっ、大丈夫！　じゃ、また後でね、兄ちゃん！」

思い出してしまうのが怖くて、俺は絢の前を逃げ出した。


部屋に入ると、すぐにベッドに横たわる。

『あ…っ…城ノ内先生…っ』

あんな恥ずかしい声を、自分が上げるとは思わなかった。

『俺を、先生のものに…して。先生も、俺のものですよ、ね…？』

恥ずかしい台詞《せりふ》とともに、何度も確認したような、気がする。

意識を失う寸前に与えられた、甘い…甘いキス。

打ち込まれた高嗣のものは、火傷しそうなくらい熱かった。

体軀を受け止めるだけで精一杯だったのに、緩《ゆる》く蠢《うごめ》いたり、突いたりする杭《くい》に翻弄《ほんろう》されて…。

『せ…っ、せんせ…い…』

ひゃー…。

ベッドに横たわったものの、身体は疲れているけれど眠れない。

身体が火照ってたまらない。

平常心で、普段の日常生活にすぐに戻ることなんてできない。

(恥ずかしかったけど、でも…)

びっくりするくらい高嗣は優しかった。

「恋人には、あんなふうにするのか、な…」

弟じゃない扱いが、あんなだとは思わなかった。

大人というか、対等な立場の人間として、扱おうとしてくれていた。

けれどそれだけじゃなくて、風邪を引かないようにシャツを着せ掛けてくれたり、体調を気遣ってくれたりとか。

いつも苛めるような扱いしかされなかったから、あんなふうに恋人には優しくしてくれる人なんだってことも、初めて知った。

期待なんてしてなかったのに、贅沢《ぜいたく》になってしまいそうで、怖い。

その日、いつまでも頬から赤みが引かなくて、絢には何度も心配をさせてしまっていた。


今日の朝の登校は、特別な日に思える。

元々目立つほうではないのに、自然と背を丸め、同級生たちの視線から身を隠す。

校門をくぐり、教室に入る。

いつもどおりの朝の風景なのに、昨日を境に、自分だけが変わったような気がしてしまう。

誰も俺なんか、気にも留めないと思うのに、どうしても…気になってしまう。

「…おはよう…」

登校すると成沢が声を掛けてくる。

「おはよ…」

鷹揚なタイプなのに成沢は、人の変化に妙に鋭い。

別に高嗣に抱かれた…なんて言わなければ分からないのに、気付かれないかと心配になる。

自分ばかり意識しているなんて、馬鹿みたいだけれど。

何もなかったふりなんてできない。

もし問われたら、うまく誤魔化《ごまか》せる自信もない。

「はあ…」

いつもの成沢なら、髪型一つ変えただけですぐ気付くのに、今日の成沢は全然違っていた。

それどころか、長所の闊達さはなりをひそめ、深い溜め息をつく。

「どうしたのっ⁉」

俺よりも、成沢の変わり様に驚く。

「この記事見てくれよ…」

成沢の手にはスポーツ新聞が握られていた。

カッコいい外見なのに、朝からそんな新聞、買ってくるなよって思いながら、ある不安が目の前を過《よ》ぎる。

さっと青ざめる。

（まさか、何かスキャンダルが⁉）

ドキンと心臓が鳴った。

デビューするまでは、スキャンダルもスポーツ新聞も、俺とはまるきり別世界の出来事のように感じていた。

でも、今はまがりなりにも、芸能界にいるから、スキャンダルとも無縁ではいられない。

俺はまだ、記者に追いかけられるようなレベルではないからと思って、安心してもいたけれど…。

（あ、高嗣さんとのこと!?）

俺は大したことなくても、高嗣は有名作曲家だ。

高嗣を中心に考えれば、記者にとっては、部数が見込めるニュースになる。

おととい、実際に高嗣とキス…とかした身としては、不安が一気に押し寄せる。

まさか、見られていた、とか!?

「どうしたんだよ?」

落ち込んでいたはずの成沢が、俺の顔色に毒気を抜かれたようになり、逆に心配そうに顔を覗き込む。

「あの…あの…」

言葉にならない。

「ああこれ?」

新聞を指差せば、成沢は芸能面を開きながら悲しそうに言った。

「見てくれよ、これ。カニちゃん恋人発覚！　だって。カニちゃんの恋人になるのは、俺だって思ってたのに！」

「なれるわけがないだろう?　お前が」

背後から新聞を取り上げたのは、西嶋だ。

相変わらず、成沢には手厳しい。

「誰がお前を相手にするんだ。もっと真面目にならないと、年上の女性には相手にもされないだろうな」

馬鹿にしたように、西嶋が鼻を鳴らしてみせる。

「じゃあ、何か？　年上の落とし方をお前は知ってるとでも？」

黙っていられないとばかりに、成沢が西嶋を挑発するように言った。

「まあな。年上は、向こうから放っておかないな」

もしかして、西嶋って年上にモテるんだろうか。

面倒見がよくて、放っておけなそうなタイプに、頼りにされそうだと思ってた。

真面目そうだと思っていたのに、意外…。

「そう…なの？」

それは成沢も同様だったらしい。

驚いたように絶句している。

（え…？）

わずかな動揺が、成沢の目に走ったような気がした。

傷ついたような色が混ざるのは、なぜ…？

「こんな話は結に聞かせるべきじゃなかったな。成沢、お前も話題を振るときは相手を選べ」

「俺ばかりに責任を押し付けるわけ？」

叱咤《しった》されて、成沢が口唇を尖らせる。

年上の女性…なんて妙《みょう》に生々《なまなま》しい話題は、今までしたことがなかったから。

でも、西嶋が気を遣う必要はない、のに。

先週までなら戸惑うことは多かったと思うけれど、俺は…。

大人の男の人と、もうあんなこと…してて。

「まあいい。結は恋人はいるのか？」

直接的に西嶋に問われ、心臓が跳ねた。

「いないだろう？　いや、結に先越されたらショックだなって、思っただけ…だけど」

いない、と成沢は決め付けたりはしない。

自分がショックなだけで、俺の容姿がいけてないからとか、そういう意味で言ったんじゃない。

明るくて細かいことは気にしない、どちらかというと自分中心タイプの印象を与えがちだけれど、それが嫌味に見えないのは、節々でちゃんと、周囲に思いやりと気遣いを向けるからだ。

(成沢って本質的にはいいやつだと思うんだけどなー…)

なんで西嶋が、成沢にだけは冷たいのか、俺は分からない。

なのに、二人は一緒につるんでることが多いし。

「結？」

「恋人は、いないけど…」

ごめんね。嘘をついて。

でも、あながち嘘でもないようにも思う。

恋人になれって言われて、抱か…れて…。

恋人がするようなことを、してもらったけれど、ちゃんとお付き合いをしてこそ、恋人なんだと思う。

一度だけで、それ以降付き合いが続かなかったら、恋人じゃないから。

「どういうタイプが好み？　カニちゃんはだめだぞ」

成沢に念押しされる。

「えっと…」

慌てて考える。

好みのタイプっていうか、高嗣が好き、なんだけど。

「どういう時に人を好きになる？」

「えっとね」

昔の、コンプレックスを庇ってくれた、根っこのところでの優しい本質とか、それを話すのは長くなるから、分かり易いところを告げる。

「寒かったら上着を貸してくれたり、とか…い、いや」

言いながら、しまった、と思う。

これじゃ女の子に対するのとは、ちょっと違う。

変な勘《かん》ぐりをされて、高嗣とのことを気付かれたらどうしよう。

でも、高嗣は、恋人に対するみたいに、優しくしてくれた。

シャツを着せ掛けてくれて、…キスしてくれた。

ふとした瞬間、すべての思考が高嗣一色になるときがある。

高嗣のものになったからかな。

高嗣のことばかり、考えてしまうような気がする。

すると、成沢は言った。

「それ、当たり前だから！」

「そうなの？」

「お前、レベル低すぎだよ。普段よっぽどかわいそうな扱いしかされてなかったんだな…」

同情したように、成沢が泣き真似をする。

「そんな上着掛けられただけで、好きになったりなんかするなよ」

西嶋が俺の肩に手を置くと、教師が生徒に言い聞かせるように告げる。

「確かに、お前は俺に比べれば容姿は恵まれていないかもしれない。だが人間は中身だ。お前の良さと優しさは、俺たちがよく知っている。だから絶対にお前の良さをちゃんと分かってく

れる人間を、恋人にしなければだめだ」

「はい」

西嶋の勢いにのまれ、頷いてしまう。西嶋は身長も高いし、カッコいいから、素直に納得できる。

「早く恋人ができるといいな。俺なら大切にしてやるけど?」

西嶋ならカッコいいし、誠実そうだし、きっと幸せになれるような気がする。

なんであの人、好きになっちゃったんだろう。

最初なんて、ものすごく意地悪で、俺のこと苛めてたのに。

でも、本質的なところで俺を傷つけたりはしないから。

「そうやって年上の人を口説いてるの?」

笑いながら西嶋に言えば、彼は肩をがっくりと落とした。

俺をネタに遊ぶのにもひと段落したのか、西嶋は今度は成沢に話題を向けた。

なぜか途中から、成沢は静かになっていた。

「成沢お前は? どんなときに人に惚れるんだ?」

「う、うん。英語の訳を当てられたとき、答えられなかったら助けてくれたり、とか…」

「お前もそんなんで人を好きになるのか? ずい分お手軽だな」

お手軽。遊んでそう。

それはいつも、西嶋が成沢を形容するときに使う言葉だ。

「そうだね。お手軽で遊んでそうに見える、みたい…」

言うとまた、成沢は言葉を区切った。

なんかおかしいよ、今日の成沢。

西嶋にはいつも反発してばかりなのに、素直に言うことを聞いたりして。いつもおちゃらけた表情しか見せないけれど、成沢はふとした瞬間酷《ひど》く真面目な表情を見せるときがある。

そういうときの成沢はものすごく…綺麗で。

しゃべらなければ、文句なく美人、っていう形容が似合う人なんだけど。

本来なら近づき難いくらい綺麗なのに、性格が気さくだから、話しやすいのだ。

「さ、席に着きなさい。もう本鈴は鳴ったぞ」

担任が教室に入ってくる。

会話は区切らざるをえなかった。


放課後は、上條結ではなく、神城友になる。

プロとしての技術を駆使されて、社長の兄というバックアップをもらって、やっと芸能人の端くれになる。

「今日もよろしくお願いします!」

撮影現場に入り、元気よく挨拶する。

今日は前の撮影が押しているらしい。

俺の出番はまだだった。

デッキチェアに座りながら、出番をひたすらに待つ。

ぼんやりと座っていると、つい、高嗣のことを考えてしまう。

『また、連絡する』

そう高嗣は言った。

その連絡はいつだろうって、思う。

(よく考えれば、携帯の番号も、教えてもらわなかったな)

高嗣も、俺の番号を、訊かなかった気がする。

もしかして、あれってやはり、社交辞令…?

そんな不安が胸を過ぎる。

ううん。

頭をふるふると振る。

自宅にまで、入れてくれたから。

…あんなに優しいキスも…してくれたから。

多分、繋がりはまだ、あると思う。

最初から捨てるつもりだったら、家にまで入れてくれたりしないと思うし。

それでも不安が胸にこびりついたままなのは、最初俺のことを抱き締めたとき、どことなくむっとしたような気配が、高嗣にあったからだ。

『いつもこうやって、誘われたらついてくるのか?』とか、『こんなふうに寝室に入り込んで、男を誘ってきたのか?』とか、時々、咎めるようなことを言われた。

お仕置きしてやる、みたいに、苛めるように身体を開かれて…。

なんで怒っているのか分からなかったから、最初は少し、高嗣の態度が怖かった。

好きな人だから、怖くないって思っていても。

異物を体内に受け入れるのであっても、高嗣だから、大丈夫だって必死で言い聞かせてた。

俺が初めてだって知った後、いきなり高嗣はびっくりするくらい優しくなった。

(何か、誤解与えてたり、したのかな…)

芸能人だけど、絢が守ってくれてたから…その…知らないわけじゃないけれど、身体とかで仕事を取るようなこと、しないで済んでた…し…。

仕事を取る。

その言葉ではっとなる。

今度、俺はCDデビューもすることになっている。

作曲を高嗣に頼めば、確実にヒットすると言われている。

だから、歌手は皆、高嗣の曲を欲しがる。

(俺も、高嗣さんの曲目当てに近づいたのかって、思われたのかな…)

高嗣は、俺が結だって気付いていない。

そうだ…!

(なんで気付かなかったんだろう)

俺は高嗣のことを、前から知っている。

だから、前から好き…だったから、キスしてもらえるのも、嬉しかった。

でも、友は、高嗣とはスタジオで会ったのが、初対面なのだ。

初対面なのに、ほいほい恋人になるのを承諾《しょうだく》して、家までついてきたりしたら、よっぽど、
今日の成沢の言葉じゃないけれど、「お手軽で遊んでそう」に見えたのかもしれない。

そんなの、誤解だよー…。

とりあえず遊んでそうだったから、大丈夫だと思って遊びで手を出して、初めてだったから
慌てた、のかな。

友、のことは、そんなに好きじゃないのかな。

でも、結にとっては、「恋人になれ」って言葉は。
(特別、だったんだよ…？)
でも、それを告げることはできない。
言えば、自分がみそっかすの結だってことを知られてしまう。
結だったらもっと、…相手にしてもらえなくなる。
だったら。
高嗣のそばにいたいのなら。
友でなければならない。
高嗣の前では、友という別人を演じ続ける。
そう決意したけれど。
連絡、くれるかな…。
苦しくて、胸が熱くて、たまらなかった。

休憩時間になり、気分転換に撮影現場から外に出る。
局の廊下を曲がり、突き当たりにガラス張りのブースがあって…。

（え…!?）

思わず足が止まってしまう。

ガラスのブースの中は働く人の姿も見渡せて、中では数人の人が真剣な表情でなにやら打ち合わせをしていた。

音響のスタッフや、ディレクターと打ち合わせをしているその人は…。

（高嗣さん…!?）

心の準備もしていなかったのに。

まさかこんなところで会えるなんて。

連絡する、と言われたまま、次に会う約束をしていない状態で、突然会うのは不安で心配でたまらなくなる。

…無視されたり、とか…?

なかったことにされたらどうしよう、とか。

それでも、窓の中にいる高嗣の姿から、目が逸らせなくなる。

スタジオの中にいる高嗣は、仕事をしている男の顔をしていた。

見たこともない真剣な表情だった。

色々な指示を、矢継ぎ早に出してる。

てきぱきしていて、ものすごく…。

（カッコいい…）

思わず、仕事をしている高嗣の姿に、見惚れそうになる。

仕事に真剣に向き合う男の人って、こんなにも格好いいものなんだってことを、高嗣によって知らされる。

意地悪なこともするけれど、根本的なところで俺を庇ってくれて…。

芸能界って、その…一見いい人に見えても、意地悪な人っていたりする。

でも、高嗣は意地悪に見えるけれど、本質はものすごく優しいから。

高嗣は仕事で、皆にこういうふうに必要とされている。

誰もが相談を持ちかけて、決定の前には必ず高嗣を頼りにしている。

不安そうなＡＤから差し出された譜面《ふめん》か書類かは分からないけれど、それに高嗣が何かを書き込めば、ＡＤは途端にぱあ…っと表情を明るくするのが見える。

そこには、尊敬の表情が滲《にじ》むのが分かる。

正々堂々と、自分の実力だけで、周囲にそれを認めさせている。

どうして、五年も離れてても、平気だったんだろう。

それは、高嗣に会えないのが普通だったせいだ。

こうして姿を見てしまえば、すぐに会いたくてたまらなくなる。

でも、仕事中の高嗣に迷惑なんてかけたくなくて、背を向けようとすると…。

ふいに、高嗣が顔を上げた。
(あ)
目が合う。
どんな反応を見せるだろうか。
どうしよう。
足が張り付いたように動けなくなる。
無視されるのが怖くて、俺は先にペコリと頭を下げた。
すると、高嗣は指で、床を指差した。
(そこで待ってろって意味?)
高嗣が中のスタッフに、何か声を掛けている。
そして、外に出てきてくれた。
「今日、仕事が終わったら迎えに行く」
耳元で囁かれる。
吐息《といき》が耳朶に触れる感覚に、肩が跳ね上がる。
くすぐったい。
迎えに来てくれる?
顔が真っ赤になる。

頬を染める俺に、ふ…っと笑うと、高嗣はブース内に戻っていった。


仕事が終わったら、本当に高嗣が迎えに来てくれた。

今日は俺のほうが仕事が押して、遅くなったのに、高嗣は待っていてくれた。

マネージャーの中邑にもちゃんと挨拶してくれて、高嗣は俺のことをマンションに連れて帰った。

広々としたリビングで、おちついたベージュの絨毯《じゅうたん》の上にしゃがみ込む。

インテリアデザイナーの嗜好《しこう》なのか、あちこちにクッションがアクセントのように置いてある。

ふかふかの大きなクッションを敷いて、その上に座る。

他にもクッションはごろごろしているから、そのうちの一つを抱きかかえる。

テレビをつければ、ビールを片手に高嗣がリビングに来て、俺の背後に腰を下ろす。

最初は高嗣はダイニングにつまみを並べていたけれど、ダイニングにいつまでたっても俺が行かないから、来てくれたらしい。

「二人きりでいられる時間を、別々に過ごすつもりか？」

高嗣は忙しいのに、時間を作ってくれたんだろう。

一緒に過ごせる時間なのに、さっさとテレビの前に座ってしまった俺を咎める。

「でもこれ楽しみにしてて」

本当は、それほど楽しみにしていたわけじゃない、クイズ番組だけれど…。

二人きり、その時間を意識してしまう。

「何でこっちなんだ?」

不思議そうに言うと、高嗣はチャンネルを替えてしまう。

「わーっ」

リモコンを奪おうとするが、俺の身体を背後から抱き込んだまま、高嗣は右手を高く掲げてしまう。

「貸して…っ」

背後のテレビからは、ドラマのオープングの曲が聞こえてくる。

じたばたしながら、必死で奪い返そうとする。

「駄目だ。ほら、始まるぞ、お前のドラマ」

「やだ…っ」

だから、クイズ番組にしてたのに。

「何でだ? 自分の出てるドラマなのに見ないのか?」

「だからやなんだってば！」

「なぜだ？」

あまりにも恥ずかしい理由で、告げるのを躊躇する。

けれど、抱き込んだまま俺が答えるまで力を弛めようとはしない高嗣に、仕方なく俺は口を開いた。

「だって…」

「だって？」

「自分の出てるドラマって…」

頬から火を吹きそう。

「恥ずかしくて見てられないんだもん…」

真っ赤になってしまう。

「プロならチェックも必要だろう？」

「うん。分かってるけど…」

「俺の音楽も使われてるのに？」

「それは…」

ちゃんと聴きたいって思ったけれど、それよりも恥ずかしさが先に立ってしまって、実はオープニングテーマもあまりよく聴いていない。

それ以外の高嗣の作った曲は、ちゃんとよく聴いているんだけど。

背後ではオープニングが流れている。

弦楽器を現代風にアレンジした、聴いていて心地好くなる音楽だ。

最初聴いたときは、ものすごく感動して、お小遣いを貯めてやっとCDを買った。

何度も聴いてから、作曲が高嗣だって知った時には、ものすごく驚いたものだ。

何でこんな意地悪な男から、こんな素敵なハーモニーが生まれるのかって、本当に驚いた。

尊敬と憧れ、プロとしての彼のすごさを知った。

「ほら、聴いてろよ。お前の、恋人の作った曲だろう?」

恋人。

聴くのは義務だと告げられ、俺はおずおずとテレビに向き直る。

盛り上がりの部分が聴こえてきて、それはやっぱり素敵だった。

癒《いや》されるような、心温かくなるような、そして、思わず口ずさんでしまいたくなるような、印象的な曲…。

いいなって思う、それは、本当に。

テーマ曲と呼ばれるに相応しい、いい曲だ。

オープニングが終わると、すぐに本編が始まる。

そのままの流れで、ドラマを見続けてしまう。

五分くらいすると、俺の出番があって…。

思わず目を背けようとするけれど、最初を見始めてしまったせいか、単なる登場人物として、客観的に見てしまう。

（うわー…）

自然の流れで、普通に登場するから、それほど違和感は感じずに見られる。

まるで別人。

しかもテレビの向こう側だから、俺も別世界の人、って自分から切り離して考えられるのか、次第に自分が登場することにも慣れてくる。

羞恥より、ドラマ本来の面白さに次第に引き込まれていく…。

「面白い。いい作品だと思うぜ、俺は。このドラマ。もちろん、お前もちゃんと頑張って演じてるのが分かる」

「そう…？」

ドラマを見ながら、てっきり下手だとか、言われるかとも思ったのに、高嗣は意外にも褒めてくれる。

「お前がそんなに不安がるからどんなもんかと思ったが、充分いい演技をしてる。なんで自信を持たないんだ？　きっと視聴者は面白いって思ってると思うぞ」

少々難アリの監督さんも、脚本家さんも、きっとこのドラマが好きで、頑張っていいものを作り上げようとしてくれてるんだなっていうのが、伝わってくるみたい。

なのに、登場人物である俺が、恥ずかしがって見ないなんて、悪いことかもしれない。

高嗣の言葉が胸にしみこんでくる。

背後から、高嗣が俺の身体をぎゅっと抱き締める。

次第に俺がドラマに集中し始めると、高嗣は声を掛けるのを止めた。

(もしかして、俺がドラマに集中できるようにしてくれてるの、かな?)

クッションを抱いた俺を、背後から高嗣が抱っこする。

これって俺自身が抱き枕?

ううん、抱きクッション?

クライマックスのところは上手い具合に音響効果も使われていて、感動のシーンを盛り上げる。

エンディングの字幕に、自分の名前を見つける。

高嗣と一緒なら、ドラマを見ることもできた。

克服できる。引っ込み思案や、人見知り、恥ずかしがり屋で、大切なこともできない自分が。

自分の悪い部分を、一つずつでも、克服していく。

見終わって思ったけれど、この体勢って結構気持ちいい、かも。

抱っこされるのも。

クッションじゃなくて、高嗣にこのまま抱きついてみようか、そんなふうにも思ってみる。

でも、あんまりべたべたされるのは、高嗣に嫌がられるだろうか。

この体勢には、覚えがある。

子供の頃、よくこうして抱っこされていた。

昔の、弟扱い…？

そう心配すれば、高嗣は俺の顔を背後に向かせて…。

頭上からキスする。

「ん…っ」

すぐにぼう…っと頭が羞恥に霞《かす》む。

昔は膝に乗って甘えたこともあったけれど。

でも、こんなふうにキスしてもらえるのも、…好き。

「ドラマも終わったし。恋人同士が二人きりでするなら、テレビを見るよりもっと重要なことがあるだろう…？」

妖しく囁かれ、胸がドキリとなる。

そうだ。

もう、高嗣の胸に抱かれるのは、じゃれて弟みたいに甘えるだけじゃない。

こうして、キスして…。

「あ…っ」

背後から、高嗣がシャツの中に手を入れてくる。

胸の尖《とが》りを指で潰され、じん、と胸が熱くなる。

「う、うん」

真っ赤になりながら、頷く。

これからまた、あんな恥ずかしい事をしなきゃならないのかと思うと、身体が震えそうになる。

高嗣は俺の身体を、押し倒した。


「ここで、するの…？」

「いやか？」

「いや…じゃないけど…」

恥ずかしい。

こんなリビングでなんて。

まだ、慣れない。

高嗣に抱かれるのは。

「え…っ⁉ や、やあああ…っ」

俺の着衣をすべて高嗣は剝《は》ぎ取ると、俺の両脚を大きく開いた。

高嗣はまだ、シャツを身につけている。

裾はズボンの外に出て、乱れているけれど、裸体の俺とは羞恥の度合いも比べるべくもない。

ベルトは外して前は簡単に寛《くつろ》げているけれど、身を隠す布は俺よりずっとまとっている。

羞恥に泣きそうになる。

開いただけではなく、狭間に顔を埋める。

じゅん…っと激しい快楽が先端に走った。

羞恥のあまり、脳が真っ白になる。

恥ずかしさが、快感を増幅させるような気がする。

「あ、あ…っ…」

狭間の肉根を口で愛撫されれば、本気で泣いてしまう。

「…仕方ないな」

口唇を嚙み締めれば、高嗣は顔を離してくれる。

強烈な刺激がなくなり、俺は涙をためたまま、ほっと安堵する。

俺の上体を起こすと、高嗣は眦に口唇を寄せた。

「ん、ん…っ」

口唇が離れると、ゆっくりと高嗣が俺の身体を引き倒していく。

引き倒されるとき、身体の下にたまたま置いてあったクッションがいっぱい触れて…。

(汚しちゃう…)

「おい…何暴れてるんだ?」

慌てて身じろげば、高嗣の意図とは違ったのか、高嗣の足元に身体が向く。

「あ…っ」

バランスを崩し、身体を支えるために、両腕を高嗣の身体を挟むようにして床につく。

「仕方ないな。そのまま…感じてろ。何もしなくていい」

「あ…っ」

いきなり目の前に飛び込んできたものに驚く。

こ、この姿勢って。

恥ずかしさを俺が自覚する前に、高嗣が俺の肉根を口に含んだ。

「や…っ、やあ…っ」

泣き言を言っても許されない。

今の姿勢は、お互いに頭を逆方向に向けている。

俺の身体は、高嗣の身体の上に乗せられている。

高嗣の眼前に下肢《かし》を晒し、自分の目の前には高嗣の分身がある。

大切な部分を口腔《こうくう》に含まれ、ゾクンと激しい羞恥が下肢を襲った。

「い、いやああ…っ」

ねっとりと熱い舌が、分身を這う…。

途端に快感が全身に走った。

「先生…っ、先生、やめて…」

とうとう、泣き言を告げてしまう。

高嗣を拒絶しながら、首を背後に捻《ひね》り、必死で訴える。

「お前は俺の恋人なんだろう？　なのに耐えられないのか？」

意地悪く返されてしまう。

優しい人だとも思ったのに、もしかして、やっぱり、意地悪？

恋人、そう告げられてしまえば、ぐっ、と詰まる。

まるで愛情を疑われているかのように、思われている気がして、俺は答える。

「嫌なんじゃない…から」

ただ、恥ずかしいだけで。

そして、好きだって気持ちを分かってもらえるように、俺は目の前のものを手で探る。

(大きい…)

そして熱い。

すでに硬く質感を増していた。

「おい…」

なぜか高嗣が戸惑ったような声を上げる。

俺はおずおずと先端に口唇をつけた。

熱い。

口腔が火傷してしまいそうだった。

「できるか？」

恥ずかしい、でも。

好きだってことを、分かって欲しかった。

「同じ事をすればいい」

高嗣に促され、高嗣が俺のものを含んで愛撫するように、大きなものに舌を這わせる。

途中大きすぎて、含むのを躊躇すると。

「俺ができるのに、お前はできないのか？」

責めるように言われてしまう。

だから、必死で口腔で愛撫した。

「…いい子だ」

時折そんなふうに褒められて…。

「あ、ああ…っ」

高嗣の身体の上に乗せられたまま、身体を跳ねさせる。

俺はすぐに達してしまう。

けれど、高嗣のものはまだ力強く脈打っている。

達しただけで終わりじゃないことを、俺は知っている。

この後の行為を、高嗣に教えられたから。

「早くこっちだけでも達けるようにならないとな。それは俺次第、か。ちゃんと気持ちよくさせてやるよ」

自信たっぷりに宣言される。

指で念入りに解される。

一度貫かれる快感を知った後孔は、指を受け入れる刺激に、うずうずに疼きまくっている。

「指なんかじゃ物足りないか?」

言葉でも辱《はずかし》められれば、次第にそんな気持ちになってくる。

高嗣に洗脳されてしまいそうになる。

最初は、異物感が気色悪いと思って、指を含まされただけで泣いたのに。

大きく足を開かれる。

蕾《つぼみ》に、先端が押し当てられた。

この瞬間は緊張のあまり、身体が強張ってしまう。

高嗣自身が怖いのではない。でも。

ず…っと、長大な塊が入り込んでくる。

高嗣は俺にすべてを含ませると、馴染ませるように一度大きく腰を揺すぶった。

「ひ、あ、あああ…っ」

「前より、俺をちゃんと受け入れられるようになったな。よく覚えてろよ」

男を受け入れる方法を、覚えこまされる。

高嗣は肉杭を含ませると、律動を始めた。

「あっ、あっ、あっ」

甘ったるいこの声が、自分のものであるということが、信じられない。

「ちゃんとよくなってるか？」

気持ち…いい。

初めてのときより、今の方がずっと感じてる。

こんな男の人のものを入れられて、気持ちよくなるなんて。

「前はあまりこっちを可愛がってやれなかったからな」

高嗣が胸の突起を摘んだ。

苛めるように潰したり揉んだりするのに、俺の身体はすべての刺激を、快感に変えてしまう。

ず…っ、っていう音とか、粘膜《ねんまく》がこすれるぐちゅ…って音が、淫らに耳を突き刺す。

胸を弄られながら、後孔を激しく突かれる。

「あ、ああ…っ、あん…っ」

何度も硬く逞しいものが、俺の中を出入りする。そのたびに甘い快感が下肢を支配して、窒《ちっ》息《そく》するほどに喘《あえ》がされてしまう。

「ずい分柔らかくなってる。後ろでもちゃんと感じてるみたいだな」

「い、言わないで…っ」

「何でだ？　お前の大切なここは、俺だけのものだろう？」

激しい腰使いで俺を高嗣が責め立て、突き立てられた部分が燃えるように熱い。

粘膜は柔らかく蕩《とろ》け、高嗣の長大なものを貪っている。

「締め付けて達くことも覚えろよ」

まるで、本当に先生…みたいに、高嗣が俺の身体に快楽を刻み込んでいく。

胸の突起を爪で引っかくように愛撫され、胸を尖らせながら刺激に泣けば、今度は含ませられたものが強く突き入れられる。

「あ、あぁ…っ、あっ」

突き立てられたものは、灼熱の塊みたいに…熱い。

それ以上に熱いのは、俺の下肢かもしれない。

突かれる最奥が熱を持って、熱くてたまらない。

淫らに湧き上がってきた欲望が、俺の中を駆け上がる。

「あ、あああ…っ!!」

激しい律動の後、吐精を内壁に打ち付けられる。

熱い飛沫《ひまつ》の感触も淫靡《いんび》で、達したというのに、筒は収縮して高嗣の灼熱を締め付けてしまう。

「もう、…なに?」

達した余韻にうっとりと身を委《ゆだ》ねる前に、含ませられたまま、身体を巧《たく》みに反転させられる。

「今日はお前もずい分、感じているみたいだからな。お前の身体を、慣らしておこうか」

ニヤリと、高嗣の片頬が上がる。

「や…っ」

涙目になって、首を背後に捻《ね》じ曲げ、訴える。

今度は背後から、高嗣のものを受け入れさせられていた。

より深く、繋がっているような気がする。

けれどもちろん、高嗣には聞き届けてはもらえなくて。

背後から、今度は律動を繰り返される。

高嗣のものは既に、脈動を取り戻している。

一度達した後は、身体は敏感になりすぎていて、どこを突かれても感じてしまう。

「あっ…あああっ……!!」

そうして、俺は二度目の、深い絶頂を迎えた。


コーヒーの香りが鼻をくすぐる刺激で、目が覚める。

目を開けると、高嗣の姿が目に飛び込む。

その手には、コーヒーカップが握られていた。

いい匂いは、そこから流れてくる。

「起きられるか？」

「うん」

背中は全然痛みはなくて、いつの間にかベッドに移動させられていたことを知る。

ここに運んでくれたのは、高嗣なんだろうか。

上体を起こせば、さらさらのシルクのパジャマが、肩からずり落ちる。

この大きさは、高嗣のものだ。

いつ、着せたんだろう。

ボタンを上まで留めてあるけれど、襟口《えりぐち》も広くて、気をつけないと上から覗き込まれたら、赤く染まった胸の尖りも見えてしまいそうだ。

「あの…このパジャマ、ありがと…。俺着せてもらって、いいの?」

ものすごく上等なものだ。

「俺はあんまり着るものにはこだわらないが、お前に風邪を引かせるわけにはいかないからな」

確かに、こんなシルクのものを着そうなタイプには見えないけど。

見上げれば俺の意図に気付いたのか、高嗣は言った。

「スタイリストとかが、勝手に送ってくるんだ」

「へえ…」

人からの贈り物を、勝手に俺が着てもよかったのかな。

「俺…、もしよければ今度、自分のパジャマとか、持ってくるよ」

次もここに来させて、ってねだったわけじゃない。

「別に持ってこなくていい。ここにいる間は、俺のものを着てろ」

「なんで…?」

訊ねるが、高嗣は答えてはくれない。

ただ、含んだように笑うだけだ。

そういえば、初めてのときも高嗣のシャツを着せられたり、そして今は、高嗣のパジャマを着せられている。

「飲めるだろう?」

答える代わりに、誤魔化すようにカップを渡されてしまう。

口をつければ砂糖とクリームも入っていて、ほんのり甘い…。

でも、しっかりとコーヒーの苦味もある。

顔に似合わずって言われるけれど、結構濃い目のコーヒーが好きな俺に、一番好みの味だった。

「…飲み終わったらキッチンに来い。その頃に朝飯ができるように、しといてやるよ」

言い置くと、高嗣が寝室を出て行く。

カーテンを開けていってくれたから、朝日が眩《まぶ》しい。

いい天気、なのと、…高嗣に起こされた朝と、両方が気持ちを高揚させる。

大事に味わってコーヒーを飲み干すと、そろりとベッドから足を下ろす。

…大丈夫。

今日はちゃんと歩ける…みたい。

大きすぎて、裾を踏んでしまいそうになるズボンを床に引き摺《ず》りながら、俺はキッチンへ向かった。

高嗣のキッチンは大きくて近代的だった。

ダイニングには既に、朝食の準備が調えられている。

「座ってろ」

手伝わなくてもいいのだろうか。

NYでいつも食べていたのか、焼きたてのベーグルやら、色んな味のクリームチーズがテーブルには置かれている。

トースターの横には、エスプレッソマシンがあった。

どうやら、わざわざカフェラテを作ってくれたらしい。

「もう一杯作っていい？」

エスプレッソマシンなんて家にはないから、興味がある。

一度作ってみたいな、そんなふうにも思って、許可を求める。すると。

「作ってくれって、言えばいいだろう？」

「でも、別に自分でできるし」

「甘やかしてやるって言っただろう？」

最初に恋人になれと、口説いた時に。

だから、こんなに優しいの…？

…夜になると、あんなに意地悪なのに。

反省してくれてる、のかな…？

「まあ、お前が俺に素直に抱かれた朝は、…だ」

なんだよ…っ。

頬が真っ赤になる。

目を三角にして、上目遣いに睨《にら》んでみる。

せっかく、優しいって思ったのに。

つまりそれって、俺が抱かれ…ないと優しくしてくれないってこと？

「コーヒーすら淹れられないだろうと踏んだのに。そんなに元気なら、もっと激しくしてもよかったかな」

「け、結構…です…」

思わず後退さりしてしまう。

つまり、優しくしてくれるのって、無理をさせすぎたことの、罪滅ぼしなわけ？

結局は、高嗣が俺にいやらしいことを、いっぱいするから、いけないいんじゃないか。

それでもこの時は確かに、俺は幸せだったのだ。

今日は学校は休みじゃなかったけれど、早く高嗣が起こしてくれたから、登校まではまだ時間がある。

食事が終わって着替えた後、俺はここに来るときに着ていた服に着替える。

結なら絶対着ないだろうっていう、洗練された大人っぽいジャケットと、同色のパンツだ。

こういう服を着ると、馬子《まご》にも衣装なのか、俺でも大人びた雰囲気に見える。

結はどちらかというと、ブルゾンとか、ラフな格好が多いから。

そのせいで、余計に子供っぽく見えるんだと思う。

着替えると、リビングで高嗣は俺を家に送るために、車のキーを手に持っていた。

「そういえば、俺のところにも台本は送られてくるから、チェックしてたんだが…。お前、次のキスシーンどうするんだ？」

指摘された瞬間。

みぎゃっ!?

目の前が真っ白になる。

「何猫が毛を逆立てたような顔をしてんだ？」

「だ、だって…キスシーンって」

い、いいいい一体。

中邑も絢も、何も言ってなかった。

もしかして、動揺を与えないようにしていたのかな…？

「知らなかったのか？」

高嗣が呆れたように俺を見下ろす。

「知らないよう～」

心から驚く。

どうしよう。

好きな人以外と、キスなんてしたくないよー…。

思わず、しょげきって涙目になってしまう。

「どんなシーンなの？」

訊ねれば、高嗣がそのシーンのページを開いて見せてくれる。


——心臓を押さえて倒れる。助教授が発見し、心肺蘇生《そせい》を試みるため、人工呼吸を施《ほどこ》す。

「これって、ただの人工呼吸じゃん！」

少しだけ、ほっとする。
それなら、気持ち的に少しは、救われる…かな？
「キスって言えばキスだな」
こんなに驚かせるなんて、意地悪だ。
でも、新たな悩みが出てくる。
高嗣は、俺が共演者と、口唇を重ね合わせるのって、何とも思わないのかな…？
「俺が聡さんとキ…人工呼吸するの、高嗣さんはどう思う？」
おずおずと訊ねる。
「仕事だろう？」
あっさりと返される。
そうだよな…。
少しだけがっかりする。
俺が聡とキスしても、どうでもいいのかもしれない。
高嗣はプロ意識が高い人だから。
仕事には真摯《しんし》に向かうように、俺に伝えようとしてくれているのかもしれない。
そう思うようにしよう。
俺の甘さを責められているような気になるから。

分かっていても、しゅん、と肩を落とせば、高嗣は俺の肩を抱き寄せる。

「あ…なに…？」

「練習だ」

そう言うと、高嗣の口唇が重なる。

その日のキスはいつもよりも、情熱的な気がした。


マネージャーの中邑に確かめると、キスシーンは新しい台本の一回目の撮りで入るらしい。

「ごめんね、友くん。俺のほうでもチェックはしてたんだけど。仕事で、共演女優とのキスは入れないようにしてたけど、さすがに人工呼吸はチェックしてなくて」

確かに。

やっぱり、撤回《てっかい》はできないんだ。

がっかりしながら、説明を聞く。

しかも、その場所は…。

「えっ!? うちの学校を使うのっ!? 中邑さん」

俺は真っ青になる。

「ごめん。それも突然で」

　中邑も焦っているらしい。

「ああ。友の役どころは、心臓病の高校生だろう？　それで、手術を受けないって拗《す》ねてる友を心配して、わざわざ助教授自ら、友の学校に説得に訪れる。それで」

　そのシーンがあることは知っている。

「撮影予定の学校が、突然許可を取り消したんだ。ＰＴＡからのクレームが入ったらしい。それで、テレビ局から近くて交通の便が良くて、ってことで急遽《きゅうきょ》探したら英嘉学園が候補に挙がって……」

　うちの学校は、おおらかな校風だとは思っていたけれど、そんなにあっさり許可するとは思わなかった。

「退学になったら……」

「そこは大丈夫。一応ちゃんと調べてあるよ。一般生徒に迷惑を掛けないことが条件だから。一応、授業時間中だけ撮影を行って、休み時間になったらこっちも休憩してロケバスに戻る。だから友の姿が生徒さんたちに晒されることはないから」

「そうなの？」

　驚きすぎたせいで、ほっと安堵する。

　それでも、ばれるんじゃないかという不安に、その日は一日、上の空で過ごした。

撮影の日が来ませんように。

そんなふうにいくら祈っても、太陽は昇るのを待ってはくれない。

どよんとした気持ちで起きると、中邑と学校に向かう。

ここの生徒なんだから、堂々と入る権利はあるはずなのに、通用門からこっそりと入る。

緊張に表情が強張る。

「友くん、大丈夫？」

「はい…」

気の毒そうに中邑が眉をひそめる。

頷きながらも俺の声も上擦っている。

授業中だから極力静かに、一般生徒に迷惑を掛けないように配慮しながら、車を駐車場に止める。

衣装に既に着替えてあるから、あとは許可の下りた現場に向かうだけだ。

この時間、みんな教室に入ってるはずだから、そんなに騒ぎにならないと思ったのに。

何なんだよ、うちの生徒たちは…っ。

ロケに使用する廊下に立つと、背後から嬌声《きょうせい》が上がった。

（う…っ）

窓の外には、大勢の生徒たちが集まり鈴なりになっている。

中には先生の姿まで…！

養護教諭の唐沢《からさわ》先生なんて、胸元で掌を組んで、ハート型の目が早乙女聡を追ってる。

数学の内山《うちやま》先生の視線の先はは、女優の香仁さんだ。

「友、次のシーンのチェックだけど、こういうふうに髪を直すから、そのタイミングで倒れて…」

聡が来て、俺の傍《かたわ》らに立つ。

髪を直すから、と言いながら聡の指先が俺の耳元に触れると…。

「きゃあああ」

一際大きな悲鳴が上がる。

「な…っ」

悲鳴が上がった方向を、ぎょっとしながら見れば、なにやら妖しい熱い視線が女子生徒から送られる。

「ごめん。友のファンに俺、怒られたみたいだね」

聡がすまなそうに頭を下げる。

「違いますよ！　俺のファンなんてそういないし…。俺こそ、聡さんのファンの人に嫉妬《しっと》されてるんじゃないかって思います」

せめて、聡のファンに嫌われませんように。

そう思いながら、立ち位置に向かった。


『本番！』

その声とともに、顔が引き締まる。

生徒たちはピタリと会話を止めた。

みんな声が洩れないよう、口唇を掌でしっかり塞《ふさ》ぐ念の入れようだ。

気になったけれど、気にしないように努めながら目の前の演技に集中する。そして。


『先生…その…具合が悪くて…』

『どうしたっ!?』

言いながら床に倒れこめば、すぐに聡に抱き抱えられる。

『息をしていない…っ…!?』

聡が俺のバイタルサインを確かめる。

身体が覆いかぶさってくる。

『人工呼吸と心臓マッサージを…』

口唇が重なりそうになって…。


「はい、カーットッ!!」

監督の威勢のいい声が響き渡る。

「オッケイだよ！　聡さん、友くん！　迫力あるいいシーンが撮れたよ！」

「はふ」

聡の胸元でほっと安堵の吐息をつく。

周囲の状況を考慮してか、本当に口唇は重ならなかった。

カメラのアングルで、重なっているように見せるらしい。

「痛くなかった？　力こめちゃったけど。自分の患者が倒れて動揺したっていう気持ちになりきっちゃったから」

床に倒れた俺を、聡が紳士的に抱き起こしてくれる。

「全然です。俺も、迫力ある演技で、本当に聡さんはすごいなって思いました」

聡は通常は優しく穏やかな人に見えるのに、演技が絡むとものすごく迫力を漲《みなぎ》らせる。

その迫力に引き摺られて、俺も神経が研《と》ぎ澄まされたようになって、それで自分のいい演技が引きだされてるような気になる。

この人は、共演者のいい演技も引き出してくれるすごい人だ。

でも、普段は気さくで優しい。

猫を被ってたりするのか、なあ…。

OKの言葉が出ると、途端に生徒たちからは今のシーンの感想が飛び交う。

「やっぱり聡さん素敵ね。あんな胸に抱き締められてみたーいっ」

「友くんかわいいっ。私が抱き締めちゃいたいっ」

意外な感想に耳がそば立つ。

かわいい、なんて俺のことを言ってるんだろうか。

同級生の姿に目をやり、俺はぎょっとする。

西嶋がじっと、俺の姿を見ている。

成沢と違い、西嶋はテレビにはあまり興味はなさそうだった。

だから、…脇役の神城友という俳優なんて、知らなかったのかもしれない。

なぜか俺を見ながら、目を見開いている。

俺に気付いたんじゃないよね?

ぎくっとする。

今日の出番は俺はこれで終わりだ。

着替えて、…いつもの眼鏡を掛けて、授業に戻ろう…。

そう思って控え室に使われている空き教室に向かおうとすると、背後から伸びてきた腕が俺の手首を掴む。

「先生…!」

高嗣だった。

「どうして、ここに?」

「キスシーンの後、お前が泣いてるんじゃないかと心配になっただけだ」

本当は嫌がってたのに、気付いてくれていた…?

「どうだった?」

どうでもいいような素振りをみせていたくせに。

『仕事だろう?』

そう突き放したくせに。

「別に、仕事だから」

わざと強がりを言う。

プロ意識がないと、高嗣には怒られるかもって思ったから。

何よりも仕事ができる高嗣に、追いつくには、相手にしてもらうには、仕事にも真摯に向き合わないといけないって思ったから。

「聡さんは、演技も上手な人だし」

キスが上手、っていう意味で言ったんじゃないけれど。

上手、と言えば、高嗣は片眉をあげる。

「ちょ、ちょっと…」

高嗣はぴったりと教室の扉を閉めてしまう。

そして、扉に俺の腕をつかせたまま、背後から抱き込む。

心から焦る。

まさか、この体勢って…。

「だ、駄目だって。誰か来たら…。ちょ、や…っ」

「俺が抱いてるのに、抵抗する気か？」

「違う。だって、こんな場所で」

どうしたんだろう。急に。

「先生だって、誰かに見られたら困るよね？」

「俺は困らない」

「どーしてっ…」

泣きそうになる。

まるで、一番最初に俺を抱いた…高嗣が戻ってきたみたい。

あの時の高嗣も、少しだけ怖かった。

まさか、聡とキスした嫉妬、なわけないよね…?

「ん…あん…っ」

高嗣の掌が肉根を包み込む。

「ずい分可愛く鳴くようになったな」

「可愛くって…」

恥ずかしい。けれど、殺そうとしても声が洩れてしまう。

「いつもより感じてるみたいだな」

高嗣の責め方も、いつもよりも激しくて早急な気がする。

「あっ…あっ、あ…っ」

充分に俺を感じさせると、高嗣が背後でズボンの前を寛げる。

「あ…、あああ…っ」

背後から立ったまま貫かれる。

学校で…こんなすごいことを…。

ちらりと、西嶋の表情が目の前を掠《かす》めた。

『結には、刺激的過ぎるから、聞かせるな』って、年上女性との話題も、逸らそうとしたくらいなのに。

実際は、こんなことを…。

「あ、あああ…っ！」

高嗣が灼熱を俺の中で上下させる。そのたびに淫らな水音が、辺りに響く。中を掻き回されるたびに、粘膜が高嗣の昂《たか》ぶりに甘く絡みつく。

いつか高嗣に言われたみたいに、剛直を自ら締め付けてしまえば、激しい快感が波のように押し寄せ、立っていられなくなる。

「あ、あああ…っ」

立ったままの激しすぎる責めに、意識が朦朧《もうろう》としていく。

最後に、食い尽くすような、激しいキスが贈られる。

まるで、先ほどのキスシーンを消し去るような、そんな激しいキスだった。

そして、撮影日の翌日、朝から学校は大騒ぎだった。

女子生徒たちが興奮したように、撮影の感想を言い合っている。

「昨日、よかったわよね！」

「撮影にうちの学校を使うなんて、そんなラッキーなこと、またないかな」

「実物の聡さんを見られるなんて、この学校に入って、本当によかった！」

「しかもあのシーン！」

きゃーと悲鳴が上がり、俺の胸がドキリとなる。

「聡さんはかっこいいし、友くんは可愛いから絵になるわね～」

冷や汗が噴き出しそうになる。

「聡さんと以前、キスシーンした女優、剃刀《かみそり》送られまくってたらしいけど、友くんなら許せるかも」

「うんうん。本当に可愛いわよね、友くん」

見間違えか、…プロのメイク技術のせいだと思うんですけど…。

「あんな可愛い同級生がいたら、もう、毎日早起きして手作りのお弁当なんて差し入れちゃうかも」

話しながら彼女は興奮したように、目を輝かせて背を逸らせて、その瞬間、肘が俺の身体に当たり、俺は教科書を取り落としてしまう。

「あ、ごめん」

彼女はあっさりと謝ると、再び会話に熱中していく。

謝りながらもドン臭《くさ》いわね、そう言いたげな気配を感じ取る。

…これが、結に対する、普通の反応だ。

俺が友だって知ったら、彼女も態度を変えるのかな？

逆に、高嗣は俺が結だって知ったら、態度を変える…？

「城ノ内さんのテーマ曲も素敵じゃない？」

胸が鳴った。

「私、CD持ってる」

「そう？　うちの父も持ってたわ。出張のとき、聞いてると癒されるんだって」

老若男女、高嗣は幅広いファンを持つ。

「日本に帰ってきてるみたいね。うちの父が野球ファンでスポーツ新聞取ってるんだけど、載ってたわ」

「音楽雑誌でインタビュー記事見たけど、ものすごくカッコいいの！」

「俳優とかやればいいのに」

「そうしたら、曲作ってる時間なくなっちゃうじゃないの。もったいない」

「それ以外に実力がある人だから、俳優はしなくても別にいいんじゃないの？」

「でも、滅多《めった》にテレビとかで見られないのって残念」

「それはそうだけどー」

「NYのマンハッタンにも自宅やスタジオがあるんでしょ？　ああいう人って自分の手がけたドラマの女優さんとかを恋人にするのかしら」

女優ではないけれど、俳優は…。

自分の立場が重なり、彼女たちの会話を聞いていられなくなる。

「恋人もきっと、綺麗な人なんだろうな」

「それより、納得するような人じゃなきゃ、許せない」

ズキリと胸が痛んだ。

俺では、彼女たちのお眼鏡にかなうとは思えない。

結と友で、反応が違うことを思い知らされる。

「結、おはよう」

「あ、西嶋…」

撮影の時の視線の意味を、訊くのが怖い。

いつバレるのではないかと、びくびくしてしまう。

身構えながら掛けられる言葉を待つ。

「この間の評議会での決定事項、お前来られなかった分のコピー、取ってあるから。後で渡すから目を通しておけよ」

「え…？」

普段どおりの西嶋だ。

気付かれなかったのだろうか。

ほっと胸を撫で下ろすと、席に座った。


雑誌の撮影だけを終えて、家に戻る。

時刻はまだ、夕方だ。

ドラマの放映が開始されてからは、こんなに早く帰れることは滅多にない。

生徒会の報告書を鞄から取り出し、じっくりと目を通す。

西嶋らしく、几帳面《きちょうめん》に表が作成されていて、とても見やすい。

久しぶりに、結としての時間を取り戻す。

それと同時に、同級生の会話を思い出す。

高嗣が恋人になれと言ったのは、友だ。

結として愛されていないと思えば、胸が痛む。

彼に釣り合うような人間になれるように、頑張ろうって、ずっと思っていた。

けれど、今の状態は、俺が望んだことだったろうか…？

胸が疼いた。

恋人になれたのに。

どうして、こんなふうに、傷ついてるんだろう…。

コーヒーを淹れてくれたりとか、あんなに優しくしてくれるのに。

家の外で、車が止まる音が聞こえた。

「兄ちゃんだ！」

プリントを机の上に置くと、慌てて部屋を飛び出す。

今日は絢も早く仕事が終わったらしい。

最近俺もドラマ、絢も仕事、であまり会えなかった。

しかも、高嗣の家に泊まることも、多かった…から…。

頬を染めながら階段を下りようとすると、玄関から入ってきたのは絢だけではなかった。

高嗣の姿もある。

(まずい…！)

慌ててズボンのポケットを探る。

普段、何かあったときのために常備しているけれど、持っていてよかったと、今ほど思ったことはない。

　マスクをつけ終わったタイミングで、高嗣が階段の上の俺に気付く。

「結、お前まだ、風邪治らないのか？」

（間に合った……！）

　不審気に高嗣が俺を見上げる。

「ひ、久しぶり……っ」

　くぐもった声で答える。

「じゃ、おやすみっ！」

「おい！」

　高嗣がいるとなると話は別だ。

　絢と話もしたかったけれど、それよりも、正体がバレないかという不安が勝《まさ》る。

　背を向けて、あっというまに走り去る俺に、高嗣が不満そうに声を荒げる。

　高嗣にも、…会いたかったけれど。

　でも、近くにいれば、俺が友だってことに、気付かれてしまうかもしれないから。

　今日はもう階下には下りられない。

　俺は自分の正体を隠すように、ベッドに潜り込む。

　鼻がくすんと鳴った。

恋人になれたのは嬉しかったけど。

あのキスも何もかも、神城友に捧《ささ》げられたもので、上條結に対してじゃない。

(もし俺が告白して…フラれたらどうしよう)

フラれるに決まってる。

そうしたら一生、友として高嗣を騙《だま》し続けなければ、ならないんだろうか。

結という人格を封印したまま。

それは、かなりつらいことだ。

本当の自分を隠さないと、好きになってもらえないなんて。

恋人になれて嬉しい、なんて能天気に喜んでた自分が悲しい。

恋人になれたのは、俺じゃない。神城友だ。

メイクの力で、精一杯デコレーションされた、スポットライトを浴びる位置にいる彼だ。

もしまがりなりにもアイドルとか、そういう立場にいなければ、俺なんて、高嗣に相手にもされない。

俺だって、高嗣が音楽プロデューサーだから好きになったんじゃない。

昔のままの、高嗣に好きになってもらいたかったんだ。

こんなはずじゃなかった。

プロデューサーと、アイドルじゃなくて。

結と高嗣っていう、普通の恋愛がしたかったな…。

今からじゃ無理なのかな…。

それに、高嗣はまだ、絢が好きみたいだった。

結になったら、俺は相手にしてもらえなくなる。

友ならまだ、少しは相手にしてもらえるのだろうか。

絢は綺麗で会社も経営してて、頭よくて。

絢みたいな人間でなければ、高嗣の恋人には釣り合わないと思う。

『いつか俺が相手してやるからさ』

今思えば、あれは自分が子供だったから言えた台詞だ。

現実を知れば、高嗣という存在は、自分にはひたすら遠い。


暫《しばら》くの間、部屋でじっと俺は気配を殺していた。

今夜はもう、部屋からは出ないと思ったのに、階下はあまりにも静かで、今度は別の不安が押し寄せる。

いつもなら、和気あいあいと話していて、笑い声がリビングからは洩れ聞こえもするのに、さっきから一切声が聞こえない。
何か深刻な話でもしているのだろうか。
(大丈夫かな…)
心配になって、音を立てずに部屋から出ると、そっと下を窺う。
丁度《ちょうど》帰るところだったのか、高嗣がリビングから出てくる。
隣に絢もいる。
(あれ…?)
絢の顔色が酷く悪い。
青ざめていて、今にも倒れ込みそうだった。
(兄ちゃん…!)
心配になる。
高嗣に正体を感づかれるのも怖かったけれど、それよりも絢が心配だった。
声を掛けようとすると…。
(え…?)
高嗣が絢の肩を抱く。
絢は…。
高嗣の胸に倒れ込む。

何か高嗣は絢の耳元で、囁いている。

絢は泣きそうな顔をして、頷いている。

――嘘……。

今見える光景は、まるっきり恋人同士のそれだ。

二人の姿が玄関から消えても、俺は廊下にずっと、しゃがみ込んでいた。


スタジオで、いつもどおりドラマの撮影が行われている。

「どうしたの？　元気ないよ」

共演の聡が話しかけてくる。

「え？　そうですか？」

「もし何か悩んでることがあれば、相談にのるよ？」

聡は親切に申し出てくれる。

他の人に分かってしまうくらい、俺は落ち込んでいるように見えたのだろうか。

「すみません。大丈夫です」

言いながらにっこりと微笑む。

一日で作り笑顔と分かる表情を見下ろしながら、聡が気の毒そうに眉をひそめてみせる。

その日は何度もNGを出して周りに迷惑を掛けてしまう。

自分が情けなくて、たまらない。

編集ブースに寄ると、もう見慣れた光景になっていたけれど、高嗣の姿があった。

いつもどおり、寄る様に言われる。

でも、俺はその日、…高嗣には何も言わず、中邑の車で家に帰った。


あくる日も、次の日も。

俺は徹底的に高嗣を避けた。

気持ちの整理ができなかったから。

本当は、絢さえ高嗣とのお付き合いを承諾したのなら、俺は祝福しなければならないと、何度も思った。

思っていても、気持ちがついていかない。

絢が相手なら、…友でも敵《かな》わない。

さすがにつらくて、高嗣の顔が見られない。

一度、撮影中に高嗣が様子を見に来たけれど、徹底的に避けてしまった。

その態度は、褒められたものではないのは、よく分かっている。

ただ、もう少しだけ、時間が欲しかった。

気持ちの整理さえできたら、…普通に接することができると思うから。

他に好きな人ができて、邪魔者扱いされる前に、…身を引く。

振られるのなら、その前に、自ら身を引けば、決定的な別れの言葉を聞かなくて済む。

傷つかなくて済む。

そう、思っていた…。


「編集作業、終わったみたいなのに、城ノ内先生、ずっとあそこに立ってるぞ」

撮影の合間に、聡が俺に耳打ちする。

今日は俺の出番は多くて、夜遅くまで撮影のためにスタジオに待機する。

「何か用があるのかな…」

「君に用じゃないの？」

「え？　なんでですか？」

ぎくりと肩を跳ね上げる。

「いや、だって先生、ずっと友くんのこと、目で追っているような気がしたからさ」

驚いて高嗣のほうを見ると、すぐに目が合う。

しかも、俺は高嗣の双眸を見て、背を震わせた。

ものすごく、怖い顔をしていた。

(何で…)

慌てて目を逸らす。

「聡さん、あの、この演技なんですけど!」

「どこ?」

わざとらしかったかもしれないけれど、慌てて聡の腕を摑むと、高嗣とは反対方向へ聡を連れて行く。

急な口実を作っただけで、質問なんて考えていなかった俺は、しどろもどろになっていたけれど、聡は呆れずに演技指導に付き合ってくれた。

向けたままの背中に、高嗣の視線が突き刺さるような気がした。

「今日は遅かったね。お前、明日朝集合？」

「タフだなー、いつ寝るんだよ」

「とりあえず、お疲れ様！」

共演者たちが口々に労いの言葉を掛けながら、スタジオを出て行く。

高嗣の姿は、と見れば、入り口に立ったままだ。

スタジオを見回すと、高嗣のいる場所とは反対方向に、非常用の出口があるのが見えた。

高嗣とは顔を合わさないよう、そこに向かって出ようとすると…。

「そうはさせるか」

背後からが…っと腕を摑まれる。

高嗣だった。

「あの…すみません、今日は用があって」

「ずっと避けていただろう」

言い当てられて、うっと詰まる。

言い訳しようとしても、お見通しとばかりに、高嗣が俺の身体を抱き込む。

逃がさないように抱きかかえられ、そのまま空いているスタジオに連れ込まれる。

「なんで!?」

「離したら逃げるつもりだろう？」

それは考えたけど。

「なぜ俺を避けていた?」

高嗣が俺の身体を壁に押し付ける。

それは、言えない。

絢を抱き締めていたのを見た、なんて言ったら、俺が…結だってことを、知られてしまうから。

(いつか、振り向いてくれたらいいって、ずっと思ってた)

でも、結局高嗣は、絢が好きなんだってことを、思い知らされただけだった。

素直に口を開かない俺を、高嗣が追い詰める。

高嗣の腕が俺のシャツを開いた。

「先生…!」

俺は目を見開く。

「こんなところで…」

嫌だった。

「やめてください…!」

精一杯抵抗した。

でも、抵抗しても高嗣は、やめてくれなかった。

「こんなの、嫌だ…!」

好きな人がいるくせに。

身体だけ繋ごうとするなんて。

「お前が逃げるからだ。避けるから仕方なく、逃げられないようにしているだけだ」

逆に責められてしまう。

「誰かに聞かれたら…っ」

「聞かれたくなかったら、大人しくしてろ」

冷たい、口調だった。

抵抗するほどに、高嗣の態度は凍《こご》えそうに冷えていく。

こんなに抵抗したのは、今が初めてだった。

それまでは、少しでも、…高嗣の中に俺に対する愛情があるかもしれないと、信じていられたから。

でも、今は違う。

高嗣の心は、これぽっちも俺の上にはない。

結はもちろんのこと、…友にも。

足を抱え上げられる。

そして、正面から無理やり高嗣のものを捻じ込まれる。

「ん、んん…っ」

俺は声を出さないよう、必死で掌で悲鳴を抑え付ける。

分からなかったけれど、俺の何かが、高嗣の逆鱗《げきりん》に触れてしまったらしい。

「ん――…っ」

掌に、熱いものが零れた。

「ゆ……」

高嗣が俺の名前を呼ぶ。

こんな…酷い。でも。

高嗣が口唇を押さえる掌を外す。

口唇を、高嗣の口唇で塞がれる。

欲望を果たすだけなら、キスなんてしなければいいのに。

こんなこと、許せない。

嫌だと思って抵抗を続けるのに。

「あ…ん…」

泣きながら、俺は高嗣のキスに応えていた。

欲望を果たした後、すっかり動けなくなって、逃げられなくなった俺を、高嗣はマンションに連れ帰った。

車から降りた後も、俺を抱き上げてくれて、ベッドへ運んでくれる。

「マネージャーには連絡しておいたから」

「うん…」

気まずい沈黙が流れる。

破かれた服の代わりに、高嗣はジャケットを着せ掛けてくれたり、甲斐甲斐《かいがい》しく世話を焼いてくれようとする。でも。

「なぜ俺から逃げた？」

逃げられない場所に俺を連れてきてから、高嗣は問いただそうとする。

本当のことは言えない。

でも、もう…抱かれるのは、…耐えられない。

だから。

痛んでたまらない胸を押さえつけて、俺は言った。

「ほ、他に好きな人ができたから、もうこういうことするの嫌」

言いながら、大粒の涙がぼろぼろ零れた。

もちろん、嘘だ。

でも、高嗣から別れの言葉を切り出されるほうが、もっと嫌だった。

だから自分から別れを切り出す。

言いながら、自分が傷ついていた。

好きな人に、別れを告げるなんて。

高嗣はこれで、本当に好きな人の許に行ける。

胸がぎゅ…っと割れそうなくらい痛んだ。

好都合とばかりに、俺のことを突き放すだろう。そう思ったのに。

「誰だ!?」

高嗣が、が…っと俺の肩を掴んだ。

(え…？　どうして…？)

ものすごい怖い顔をしていた。

「関係ないでしょう？」

頑なに言いながら、腕を振り払う。

布団にくるまると、高嗣に背を向ける。

意地でも本当の理由を告げるものかと決意すれば、高嗣は二度同じことを繰り返そうとはしなかった。

俺を残したまま、そっと部屋を出て行く。

俺ばかり好きで、…好きで。

高嗣は俺を好きじゃないなんて。

分かっていたけれど、思い知らされるのはつらい。

せめて友ならば、愛してもらえるかもと思ったけれど、それすら…俺には叶わなかった…。

こんな結末を迎えるなんて。

でも、もう耐えられなかったから。

苦しくて、つらくて、たまらないから。

このまま、そばにいてもつらいだけだってことに気付いたから。

最初は…そばにいられるだけで、よかったはずなのに。

そのうちに、友として愛されるのがつらくなった。

結としての自分を、見て欲しくなった。

なのに、それだけじゃ足りなくなって。

どんどん欲張りになっていく自分が怖い。

もっと愛して欲しいと、思うようになったら。

好きになってくれなければ嫌だ、なんて願うようになったら。

俺が願ってたのは、そんなことだったろうか…？

高嗣をただ純粋に好きでいられれば、それでよかった。

俺がそばにいれば、高嗣に悲しい顔なんてさせない。

高嗣に幸せになってほしい、それが、…望みだったはずなのに。

愛してくれなければ嫌だ、って追いすがって、みっともなく泣いて高嗣を困らせる。

そうなる前に別れるこの選択は、間違ってはいなかったのだ、…鼻をすりながら、そう思っていた。


高嗣と別れれば、こんなつらい思いからは逃れられる。

そう信じていた翌日、写真撮影を済ませた俺の控え室がノックされる。

「どうぞ」

「やあ…どうも」

（…？）

見知らぬ男が入ってくる。

胡散臭《うさんくさ》げで、第一印象はよくない。

「そう構えないでくださいよ。俺はこういう者です」

彼が名刺を差し出す。

肩書きには、芸能ライターとある。

「単刀直入《たんとうちょくにゅう》に言います。こういう写真があるんですよ。いくらで買います？」

彼は懐《ふところ》から写真を取り出すと、俺の座るテーブルの前に置く。

写っていた光景に息を呑む。

（なんでこれが…っ！）

俺と高嗣が抱き合って、キスしている写真だった。

「よく撮れてるでしょう？　もちろん、こちらの希望する金額をお支払いいただければ、ネガごとお返ししますよ」

脅迫《きょうはく》。

ゴクリと唾を飲み込む。

スタジオで無理やり身体を開かれたときのだ。

その後、もっとすごいことをしていたけれど、さすがにそこまでは彼も撮ってはいなかったらしい。

「一〇〇〇万でどうです？」

法外な金額を提示される。

「無理なら、雑誌に売るだけです」

顔面が蒼白になる。

俺だけなら、ここまで心配はしない。

でも、この写真が出回ったら、高嗣の地位や名誉が、傷つく……！

そう思えば、平静ではいられない。

「でも、一〇〇万にしてあげてもいいですよ。このくらいなら、友くんなら充分払えるでしょう。金額だけなら、城ノ内さんに持って行ったほうが全然支払い能力はありますからね」

給料は絢に管理されているから、実際に俺が自由になる金は殆どない。

「……？」

「なのに、なぜあなたの許にまず来たか、分かりますか？」

言葉を区切ると、彼は下卑《げび》た笑みを浮かべる。

「君は私の好みだったんですよ」

（…っ！）

「一〇〇万にしてもいいと言った意味は、分かりますね？」

彼は写真を取り戻すと、胸ポケットに戻す。

メモにさらさらと何かを書き付けて、テーブルの上に置く。

「支払いはまず身体で払ってくれればいいですよ」

言いたい事を一方的に告げて、彼が席を立つ。

「そうそう、他の人には他言無用ですよ。少しでも洩れたと感じたら、すぐにこの写真をばら撒きますからね」

メモには、ホテルの名前と時間が、書かれていた。


どうして俺なんかが目をつけられたのか、分からない。

撮影中、ぼうっとして何度も俺は指示を間違える。

その日の夜、家に帰ってからもずっと、ぼんやりしていた。

部屋で電気もつけずにじっとしていると、絢が室内に入り込む。

「結!」

絢が電気をつけてくれて、いきなり部屋が明るくなる。

「何してるんだ?」

心配げに絢が俺の顔を覗き込む。

「ううん…何でもない。い、居眠りしちゃってたみたい」

嘘をつくのが心苦しい。

絢が心配してくれているのが、分かるから。

「お前おかしいんじゃないのか？　何かあるなら言いなさい」

嘘はすぐに絢に見抜かれる。

「何もないってば！」

本当は相談してしまいたい。

「もしかして、スケジュールが忙しすぎる？　そんなスケジュールを組ませないように中邑には指示してるんだが…」

「中邑さんは何も悪くない。ただ、次の中間試験、ちょっと頑張らなきゃって思って、ここのところ根詰めて勉強することが多かっただけ。もう、寝るから」

絢を部屋から追い出す。

本当は絢に相談してしまいたい。

でも、少しでも洩れたと卑怯なあいつが感づいたら、写真が流出してしまう。

それに、写真の内容が何だったかも、絢に告げなければならない。

高嗣とキスしてた…なんて絢が知ったら。

もし、絢が高嗣と付き合うことを決めていたら、絢が…傷つく。

だから、俺が何とかできることなら。

ずっと考えていたけれど、多分最初から、決まっていた。

指定された日時は明日。

別れても、やっぱり、…高嗣が好き。

俺が行かなきゃ、高嗣に迷惑が掛かる。

だったら。

俺は決意を宿すと、口唇を嚙み締める。


指定された日、ホテルに向かう。

言われた部屋をノックすると、中から例の男が出迎える。

「よく来てくれたね」

卑劣さを悔しいと思っても、どうにもならない。

いやらしげな手つきで、ベッドへと促される。

鳥肌が立った。

好きだったから、高嗣に触れられるのは耐えられた。

でも、この男は違う。

「可愛いね。涙目になっちゃったりして」

肩を抱かれ、引き寄せられる。

ベッドに押し倒される。

「大丈夫だよ。友くんのことは前から気に入ってたんだから。酷いことはしないよ。優しくしてあげるから、心配しなくていい」

見知らぬ身体が、覆いかぶさってくる。

吐息が頬を掠った。

首筋に顔が埋まって、…背筋を悪寒が走る。

気色悪さに耐えかねて、思わず叫ぶ。

「やっぱり、だめ…」

「聞き分けのない子だね。どうせ力では敵わないんだ。大人しくしていれば優しくしてやろうとも思ったのに、無理やりされるほうを選ぶなんて馬鹿だね」

男は俺のシャツを引き裂く。

「あっ」

卑劣な男であっても力は強く、精一杯抵抗しても、覆いかぶさってくる身体を押し返せない。

高嗣のために耐えようと思ったけれど、…怖い。

好きじゃない人に抱かれるなんて。

…高嗣以外に抱かれるなんて。

（いやだ…！）

絶対に、こんな男に。

「ごめんなさい。やっぱり、やめて…！」

「可愛いね。いまさら無理だよ。そんな可愛いことを言うから、余計に手放せなくなった」

ベルトが外される。

男の腕が、俺の膝に掛かる。

ズボンを引き下ろされそうになる。

（ほんとに、もう、だめ…）

覚悟を決めて、目を硬く閉じたときだった。

ふいに、ふ…っと身体が軽くなった。

「わああああ!!」

俺のものではない悲鳴が上がった。

男がひしゃげた顔をして、床に倒れ込んでいる。

上体を起こしながら、呆然とその様子を眺める。

あまりにも突然すぎて、何が起こったのか分からない。

「結！」

真っ先に駆け寄ってきた高嗣が、男を引き剥がしている間に、俺の許に絢が駆け寄る。

「兄ちゃん～!!」

なぜここに絢がいるのか、疑問を感じるよりも安堵が先に立つ。

胸元に飛び込む。

抱きついて、必死にしがみつく。

「うわあああん」

安堵のあまり、涙が溢れた。

よかった。

助かったのだ。

なぜ助かったのか。

絢にしがみつくうちに、次第に気持ちが落ち着いてくる。

恐る恐る肉のぶつかり合う音がしていた場所に目をやる。

唖然としながら、きゅう、と倒れ込む男を見やる。

男のそばに立つのは、高嗣だった。

「一体…」

とりあえず助かったみたい、だけど。

「絢も。高嗣さんまで、なんでここに…？」

「お前の様子がおかしいから見張ってたんだ。何やってんだ、お前は！」

理由を絢に告げられる。

「…っ」

絢に叱り飛ばされる。

男が完全にのびたのを見て、高嗣が俺の許にやってくる。

怒っているようだった。

ものすごく怖い顔をしていて、その表情に全身が竦みあがる。

目をぎゅっとつぶり、身構える。

「結」

怒気《どき》を含んだ低い声。

あえて感情を抑え付けようとしているように聞こえる。

だからこそ、本気の怒りを知らせているようで、よけいに恐ろしい。

「絢だけじゃない。今回のことは、俺も怒ってるんだぞ！」

頰をつねりあげられる。

「い、いたたたい」

一応手加減してくれてるみたいだけど。

「何て格好をしてるんだ！」

指摘されて自分の姿を見やる。

シャツはボタンを破かれ、ベルトは引き抜かれていた。
乱れた、いやらしい格好だった。
高嗣に男に襲われたという姿を、晒してしまったのも恥ずかしい。
そこで気付く。
今自分がどういう状況にいるのかを。
男の人とベッドの上に一緒にいて、上から押し掛かられていた。
抵抗はしていたけれど、もし、自分から誘ったように思われていたら。
だから、高嗣も絢も、俺を叱り飛ばしたのだろうか。
違うと、誤解を解きたかった。
一緒にホテルに入ったのは事実だ。
もし合意の上だと思われたら。
脅迫された事情を説明したいけれど、うまく頭が働かない。
何て言っていいか分からない。
脅迫のネタをばらせば、…絢が傷つく。
高嗣とキスしてたなんて。
だから、これしか言えない。
「ごめんなさい…」

泣きそうになる。

うつむきながら、涙の溜まった瞳で告げる。

本当に、涙が零れてきてしまいそうだった。

高嗣に嫌われる。しかもこんな最悪な姿で。

せめて、…昔のままの弟分の扱いでもいいから、嫌わないで欲しかった。

もう好きになってなんて、大きな望みは持たないから。せめて。

(…嫌わないで…)

弟分でも、そばにいられる昔の立場が、なんて幸せだったのかと今は思う。

「……」

むっつりと黙り込んだまま、高嗣が腕を上げる。

殴られるのかと身を竦ませれば…。

肩にふわりと上着が掛けられる。

(あ…)

高嗣は自分の着ていたジャケットを脱いで、俺に着せ掛けてくれただけだった。

「高嗣さん…」

「まったく。心臓に悪いことするな…」

「怒って、ないの…?」

恐る恐る訊ねる。

「俺が怒ってるのは、お前が俺に相談しなかったってことだ！　俺はそんなに頼りないか？　ったく、あんな男に触らせやがって」

一喝《いっかつ》される。

「お前が何に脅《おど》されてるかは、あいつのポケットから出てきた写真で知ったよ。一人で脅迫されてたんだろう？」

「……」

「俺以外に、触らせるな」

情熱的な言葉を、高嗣が掛けてくれる。

（嘘…）

胸がじんとなる。

怒ってるのも、心配したから？

触らせるな、なんて言うのはまだ、…嫌われてはいないんだろうか。

高嗣の背後で、絢の眉がぴくりとそばだつ。

（あ…！）

絢の姿を見て気付く。

絢の前で、高嗣が俺に、独占欲を迸《ほとばし》らせる言葉を言ったのも疑問だったけれど、それよりも。

「あ、俺今兄ちゃんって言っちゃった…！」

ざっと血の気が引く。

慌ててズボンのポケットを探ると、マスクを取り出す。

つけようとすれば、呆れ顔の高嗣が溜め息をつく。

「分かってるから。今さらだからやめろ」

「え⁉」

分かってるって？　一体⁉

「気付いてるから、とっくに」

「き、気付いてたって…」

気付いてたって、一体どういうこと⁉

これ以上ないくらい、動揺してしまう。

「何に気付いてたの？　一体、何に⁉」

「最初から、全部だ」

「ぜぜぜ全部⁉」

「結、お前が友だってことも、何もかも、だ」

分かり易く説明してくれる。

「最初からだ、馬鹿。なんで俺がお前を見間違えるんだ！」

怒ったように高嗣が言った。

「お前だけだ。ばれてないだろうなんて、信じているのは！」

だったら、どうして俺を抱いたの？

俺にキスしたの？

恋人になれ、なんて言ったの？

結のことは、何とも思ってないんじゃなかったの？

かわいくないとか、みそっかすだとか、言われ続けていた結だよ？

「俺は結だよ？」

「だったらなんで!?　なんで俺にあんなことしたの!?」

言葉が迸る。

告げた途端、高嗣の背後で絢が全身の毛を逆立てる。

どうしよう。

付き合っている人が、弟に手を出したなんて知ったら。

けれど、絢の反応は俺の想像していたのと違っていた。

「あんなことってなんだ!?　高嗣！　お前、まさか！」

絢が怒っているのは、高嗣に対してだ。

俺のほうを、保護者として大切にして、優先しているような口ぶりだ。

まるで、高嗣を許せないと言いたげな。

高嗣は絢に堂々と言い放つ。

優越感を滲ませながら。

「責任は取るから安心しろよ」

「何だとっ⁉」

挑発的な言い方に、絢が逆上する。

けれど高嗣は気にしないとばかりに、言った。

頼もしい姿で。

「最初からそのつもりだった。だから…さらってく。後の処分はお前に任せた」

高嗣が俺の腕を摑む。

「おい！　待て！」

「あの…っ」

言い捨てると、絢が引き止めるのをあっさりと無視する。

俺を抱きかかえて、強引に部屋から連れ出していく。

「俺を追いかけるより、お前にはすることがあるんじゃないのか？　そいつの恥ずかしい写真でも今のうちに撮っておいて、二度と手出しが出来ないようにしておけよ。そんなことしなくても、俺の力でこいつ一人くらい、この世界で生きられないようにしてやってもいいけどな。

よくも…俺の結に」

――よくも俺の結に。

（あ…）

泣きたいくらい嬉しい気持ちになる。

俺の…。

俺のことで、高嗣が本気で怒ってくれる。


高嗣によってマンションに連れて帰られる。

いつもの、…場所だ。

なんとなく、ここが自分の居場所なのだ、そう思いそうになる。

家に連れ帰ると、高嗣はすぐに俺に詰問する。

「俺は怒ってるんだぞ。なんであんな真似をした!?」

「だって、高嗣さんに迷惑かかると思ったから…。写真が流出したら…」

「俺を庇うために？」

そう告げた途端、高嗣の態度がわずかながら軟化したような気がした。

「そのためにあいつに身を投げ出そうとしたのか？　なんでそこまでする必要がある？」

「だって、守りたかったんだもん！」

俺にとっては、必要ないなんてことはない。

「…お前」

友として演技する必要なんてない。

もう俺が結だってことは知られてしまったのだ。

そう思えば、本音が後から後から零れ落ちてくる。

「ずっと…好きだったんだから」

とうとう言葉にして告げると、涙が溢れた。

「だったら、他に好きな人がいるっていうのは？」

「だって、他に好きな人がいるのに抱かれるの、つらかったから」

鼻をすすりながら、涙を手の甲で拭う。

「最初はキスしてくれるだけでよかったのに、そのうち俺が恋人なんだって言いたくなって。どんどん高嗣さんのことを独占したくなるのが、怖くなって…」

他に好きな人、そう言ったとき、高嗣が不審そうな顔をする。

「誰が他に好きな人だ…？」

「だって、兄ちゃんのこと、うちに来たとき、抱き締めてたじゃないか」

だから、まだ諦めていないんだって、知ったんだ。

しかも、あの絢が、胸にすがりつくなんて、好きな相手じゃなきゃしないと思う。

「でも…でも、それでも」

「絢のことが好きな高嗣さんに抱かれるのはつらいけど、今回のことで、分かったんだ。嫌われるのはもっとつらいって。兄ちゃんを好きでもいいから、俺のことも嫌いにならないで…！」

「何を恐ろしい想像をしてるんだ。誰が誰を好きだって？」

「え？」

何を言い出すんだろう。

「高嗣さんが、兄ちゃんを」

当たり前の事を、改めて言う。

「どこでそんな誤解が!?」

「だって…抱き締めてたし」

「あれは、お前が脅されてたように、あいつも脅迫されて、それを相談されていたんだ。あいつも早乙女とのキスを撮られてたからな」

……――え？

今、不思議な名前が聞こえてきたような気がする。

「小学生の頃から、早乙女は絢のことをずっと追いかけてたからな。勉強は本当にできなくて絢を怒らせてたが、顔は当時から良かったからな。今の仕事を選んだのはとりあえず正解か」

昔からの知り合い、だったの…？

聡と高嗣も。

「振っても振っても最後まで絢を諦めなかったのは、早乙女だけだった。あいつらが付き合ってるって知ったとき、よくあの絢を落としたって、早乙女を褒めてやりたくなったよ」

「そんな…」

感嘆したように言う高嗣には、絢に対する親友以上の感情は見られない。

「でも…」

まだ、疑いは完全に晴れたわけじゃない。

「兄ちゃんに、高校時代…覆いかぶさってるのを見たけど」

だから、好きなんだと思ったのだ。

「あれを見てたのか。よく見てろよ。あれはお前が置きっ放しにした本に足をとられてつまずいて、その先に絢がいただけだ」

「えっ？」

言われてみれば、あの光景はそんな気もする…。

しかも、誤解はすべて、俺がきっかけ…？

「じゃあ…恋人になれって…」

期待が浮かび始める。

「もしかして、その…本気…だったの？」

「NYから帰ってきて真っ先に会いに行ったのに、顔は隠すわ、さっさと眠るわ」

あの時は、疲れてたんだもん――…。

「本気以外付き合う気はない。わざわざ口説くなんて恥ずかしい真似をさせやがって」

高嗣が目を尖らせる。

「だったらなんで最初、あんなに意地悪だったの？　久しぶりの再会なのに、会いたくないみたいにさっさと部屋に戻そうとするし」

「お前が風邪を引いてると思ったからだ」

まさか、俺の体調を気遣って…？

そんな…。

もしかして、大切に思ってくれてたからの、言葉だったの？

「現場であってもお前は初対面の振りをするし。よそよそしく先生なんて言って、正体をごまかそうとするし。おまけにいきなりついてきて、ベッドに誘っても嫌がりもしないし。俺がいない間に、芸能界で男に抱かれるのに慣れてるのかと思ったら、お仕置きしてやりたくなった。腹立たしくてたまらなくなった」

悔しそうに高嗣が言う。

慌てて俺は言った。

「違うもん。高嗣さんだったから…」

「俺だったから?」

先を促される。

「好きな人が抱き締めてくれるんだもん。抵抗なんて、できないよ。ずっと憧れてたのに。ずっとずっと、好きだったのに」

泣きそうになる。

「本当に、俺のこと、…好き?」

おずおずと訊ねれば、ぎゅむっと抱き締められる。

情熱的な腕は、もう、弟分に対するものじゃない。

恋人の、抱擁《ほうよう》を与えてくれる。

胸が、切なくときめいた。

「絢のために芸能人になったのも、絢の事務所を助けたかったからだろう? しかも、引っ込み思案な部分を克服したい、そんなことも考えてたって絢から聞いた。絢も、自分のせいで昔傷つけたから、どんなに結が可愛いか、分かって欲しいって言ってた。罪滅ぼしじゃないけれど、自信を持って欲しかったから、この仕事をさせた、って言ってたぞ」

そんなことまで、考えてくれていたなんて。

「倒産の話は、どうやら嘘だったみたいだけどな」

何⁉

必死で頑張ったのに。でも。

それも俺を無理やり芸能界に引っ張り込んで、自信を取り戻させるためだったなんて聞けば、腹を立てる気にはなれない。それに。

「苦手なことを頑張ったのもみんな…高嗣さんのためだよ？　少しでも、追いつきたくて。釣り合うようになりたくて」

いつか、神城友の芸名は、城ノ内高嗣から一字取ったんだって、告げてみようかな。

それほどに…好きだったこと。

「そこまで本気で惚れられて、好きにならないはずがないだろう？」

高嗣が笑った。

魅力的な笑顔に、胸がときめく。

本当に、本当なんだ。

高嗣が俺を、好きになってくれたんだ。

泣きながら、高嗣の胸元にしがみつく。

「好きでいて、いいの…？」

「俺をこんなに夢中にさせた罰だ。一生好きでいろ」

まるでプロポーズみたいな情熱的な言葉だった。

「絢に責任取るって宣言した以上、…好きでいさせてやる」

俺は有言実行の男だぜ？

高嗣が頼もしい腕で俺を抱き締めながら、挑戦的に言った。


結として抱かれるのは、やっぱり、違う。

「あ、ん…っ」

高嗣は告白の後、俺を寝室に連れて行った。

優しく、身体中にキスの雨を降らす。

「どうしてほしい？　今日はお前の好きなように、してやる」

高嗣が望みをかなえてくれると言う。だったら。

「今日は、結って呼んで欲しいな…？」

夢中になって、理性を失う前に、ねだってみる。

「俺は最初から結って呼んでたぞ？」

「嘘…」

「お前が夢中になって、ちゃんと聞いてなかったんじゃないか?」

『ゆ…どこがいい? そこを弄ってやる』

そういえば、行為の最中何度か、高嗣はゆ…って俺を呼んでいた気がする。

あんな台詞、聞いていられない。

だから、耳に蓋をした。

真っ赤になってしまう。

「だって、だって…」

「今日はちゃんと聞いてろよ。無我夢中になって、聞いてなくてもかまわないが」

高嗣が口の端を上げた。

「ただ、今回、俺に相談しなかったお仕置きはしてやるからな」

それから、逞しい杭は何度も潜《もぐ》り込んでは、俺を泣かせ続けた。

「ああ! ああ!」

ひっきりなしに、俺は声を上げさせられていた。

楔《ちぎり》はいつもより執拗《しつよう》な気がする。

もう、…死んじゃ…う。

泣きながらしがみついても、高嗣には嬉しそうに、抱き締められるばかりだった。


高嗣のマンションの、いつもの朝の光景。

「高嗣さん、俺もたまには作るよ？」

キッチンに向かおうとした高嗣の後を追いかけ、俺は学生服の上にエプロンをつける。

「いいっていっただろう？」

こんなやり取りが日常になりつつある。

朝ごはんは相変わらず、高嗣が作ってくれたりする。

その理由が、夜無理をさせたからというのが恥ずかしい。

高嗣は絢にちゃんと挨拶なんてものを済ませて、俺をこの家に連れてきた。

だからこれって、まるで…。

（新婚生活っていうのに、なるのかな…？）

絢はいまだに、俺が高嗣の許にいるのを、認めてはいないらしい。

ことあるごとに電話をかけてきては、『兄ちゃんは許さん！』、と怒っている。

でも、俺がいないほうが、自分も恋人と遠慮なく会えると、思うんだけどな—…。

『とにかく、お前たちが実は恋人同士だってこと、絶対にばれるなよ！』

そう、絢には言い渡されている。

最後は渋々といった様子で、俺が高嗣の家に来ることを許可した時の、条件だった。

だから、芸能人は続けているけれど、慎重に行動している。

もうあんな、スタジオで無理やり…されて、写真を撮られるなんてことも、嫌だし。

「一応気を遣ってやってるんだが、平気だっていうなら、今夜は覚えておけよ」

せっかく気を遣ったのに、逆に裏目に出てしまったらしい。

一緒に住むのはいいけれど、身がもたないかも…という新たな悩みに、頭を悩ませる。

けれど、近づく口唇に、うっとりと目を閉じる。

思い続けてやっと、…恋人に昇格できた。

努力した恋が実ったのが嬉しくて。

ありのままの自分を受け入れてくれる幸せに、俺は身を委ねた。

あとがき

皆様、ダリア文庫さまでは、はじめまして！　あすま理彩です。このたびは「秘密のアイドル！」を手にお取りくださいまして、ありがとうございます。

念願の学園生徒会もの、そしてアイドルもの！　しかも受けの結くんは、自分をださださだと信じている眼鏡っ子、というこれ以上ないくらい、私の好きなエッセンスを詰め込んだ、張り切ったお話となりました。

とても楽しく執筆させていただいた作品です。

受けの結は、ずっと攻めの高嗣さんに片想いしています。そんな切ない気持ちもちょっぴり胸をときめかせながら、読んでいただけると、とても嬉しく思います。

そして、今回は脇役カップルも、私の好みを詰め込んでみました。

ここからこっそりネタバレになりますので、ご注意を…。

聡さんは、顔はいいけれど勉強は恐ろしいほどできない、でも、仕事に対するプロ意識はものすごくあり、本質的な部分ではとても頭がいい人です。猪突猛進で、本命に蹴られても踏みつけられても、めげずに頑張ります。こんな人に想い続けられたら、素敵ですよね。

強く見えて実はもろい…そんな人を、温かく包み込むことができる人なのではないでしょうか。きっと、今回登場する人物の、誰よりも大人の包容力を持った、優しい人なのだと思います。

そして、結の通う学校で、なにやら怪しい気配を漂わせる二人も…。

生徒会長と副会長の、あの二人。こちらは趣味でこっそり書いていたりするのですが、皆様のお目にかかれるかは、多分、今回の反応次第かもしれません。

よろしければ、お初にお目にかかる出版社さまということもありますが、ぜひ応援いただけると助かります。

今回の世界は、いくらでもお話が浮かんできて、趣味の原稿が溜まってしまって困っているくらいなのです（笑）。

主人公カップルは…そうですね、結くんは幼な妻？（笑）として、新婚生活を頑張っているのではないでしょうか。アイドルと敏腕プロデューサーでありながら、結婚？してしまっていることは、もちろんスキャンダルになりますから、周囲には内緒です。気の弱いマネージャーの中邑さんも、胃を痛める事例が増えてしまって、困っているのではないでしょうか。

そのうち、結くんはますます人気者になって、忙しくなって、高嗣さんと擦れ違いの日々も多くなって、大変なこともいっぱい訪れるかも…なんて、作者は鬼のようなことを、ニヤリと笑いながら考えていたりもします。

人にはそれぞれ様々なコンプレックスというものが、多かれ少なかれ存在するものです。ですが、それを愛する人によって、克服できたりしていければ、そんなに素敵なことはないですね。そして、ありのままの自分を認めてくれて、受け入れてくれるということも。

高嗣さんは、結のすべてを受け止められる、大人の度量を持った男性です。

私もコンプレックスだらけの人間ですが、自信、といったものも、少しずつ育てていくことができれば、…私もそんなふうに思って、日々を生きています。もちろんその自信、を育てるためには、努力、といったものも必要で、結くんも誠実に、そして誰よりも、頑張っているのだと思います。皆様も、この本を読まれて、さなぎから蝶に羽ばたくような、そんな気持ちを味わっていただけたらと思います。

このたびは、大人の素敵な男性、高嗣さんと、美人で可愛らしい結くん、そして様々な素敵なキャラクターを描いてくださいました、こうじま奈月先生、ありがとうございました。

とても素敵な世界を描いてくださり、本当に感激しています。

当作品を出版するに当たって、ご協力いただいた出版社の皆様、担当様、ありがとうございました。

アイドル、という仕事ももちろんですが、色々な方のお力をいただいて、作品というのは成り立ちます。私も皆様に少しでもいただいた幸せな気持ちをお返しできるよう、努力を続けてまいります。

そして何より、応援してくださる読者の皆様に心からの感謝を。

愛をこめて。

あすま理彩

挿絵を描かせて頂いた、こうじま奈月です。

あすま先生のお仕事は今回が初めて
なので とっても 緊張しています。
いつもの事ながら、作家さんや、
読んで下さっている 読者さんのイメージを
崩していない事を願います！
それでは、ありがとうございました♥

こうじま奈月

ダリア文庫をお買い上げいただきましてありがとうございます。
この本を読んでのご意見・ご感想・ファンレターをお待ちしております。

〈あて先〉
〒173-0021　東京都板橋区弥生町78-3
(株)フロンティアワークス　ダリア編集部
感想係、または「あすま理彩先生」「こうじま奈月先生」係

❋初出一覧❋
秘密のアイドル!･･････････書き下ろし

秘密のアイドル!

2006年8月20日　第一刷発行

著者　あすま理彩

発行者　藤井春彦

発行所　株式会社フロンティアワークス
〒173-0021　東京都板橋区弥生町78-3
営業　TEL 03-3972-0346　FAX 03-3972-0344
編集　TEL 03-3972-0333

印刷所　図書印刷株式会社